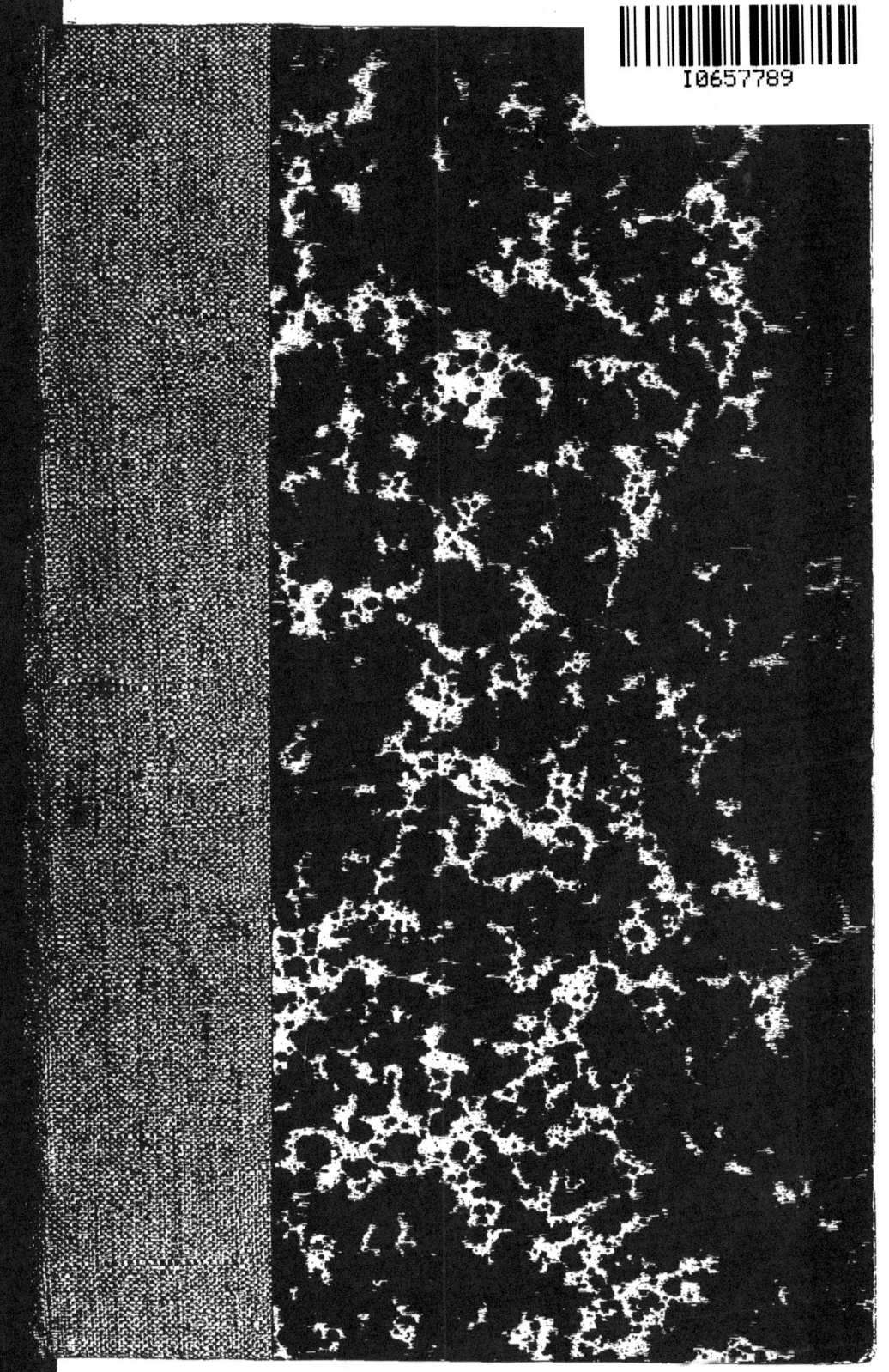

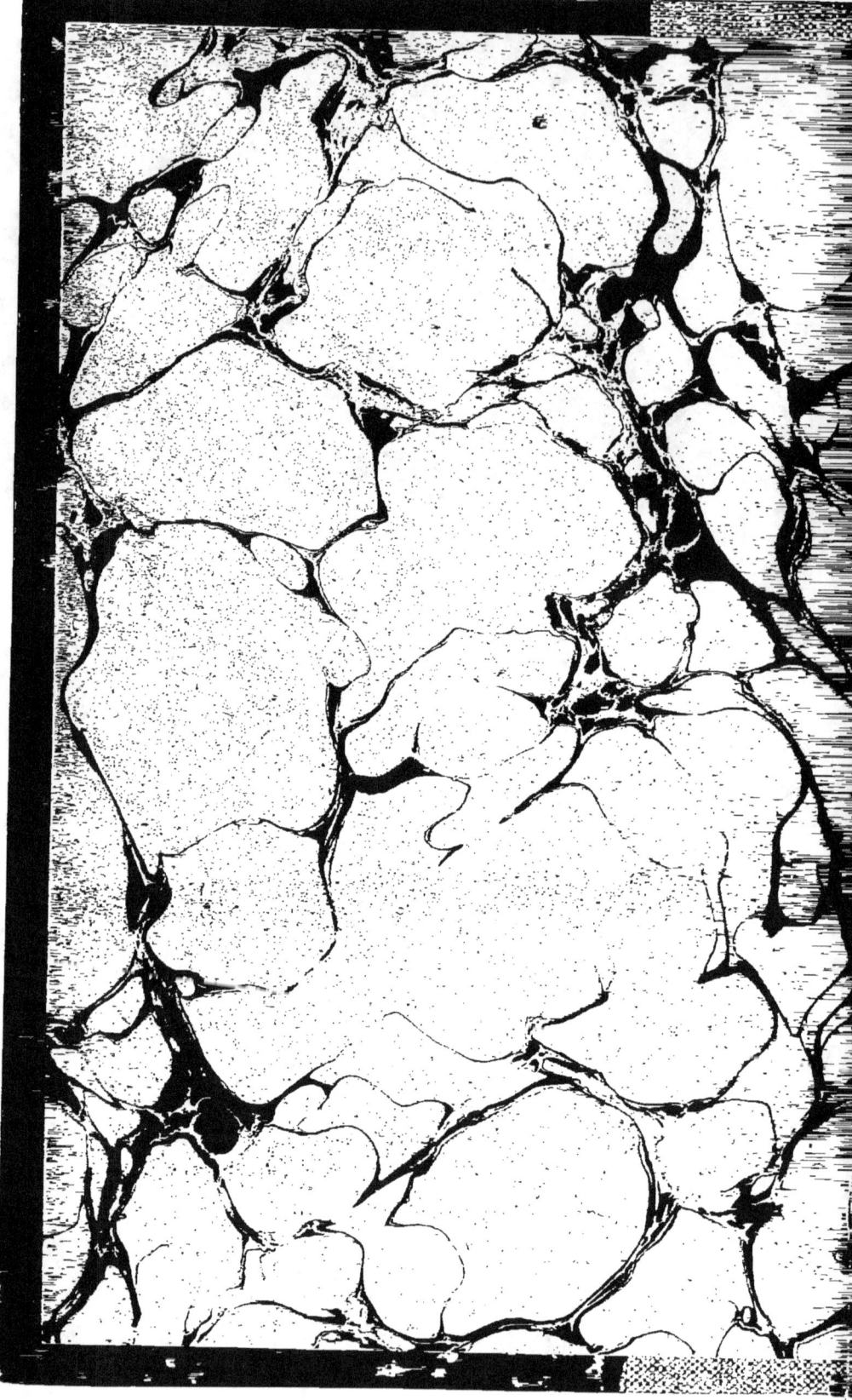

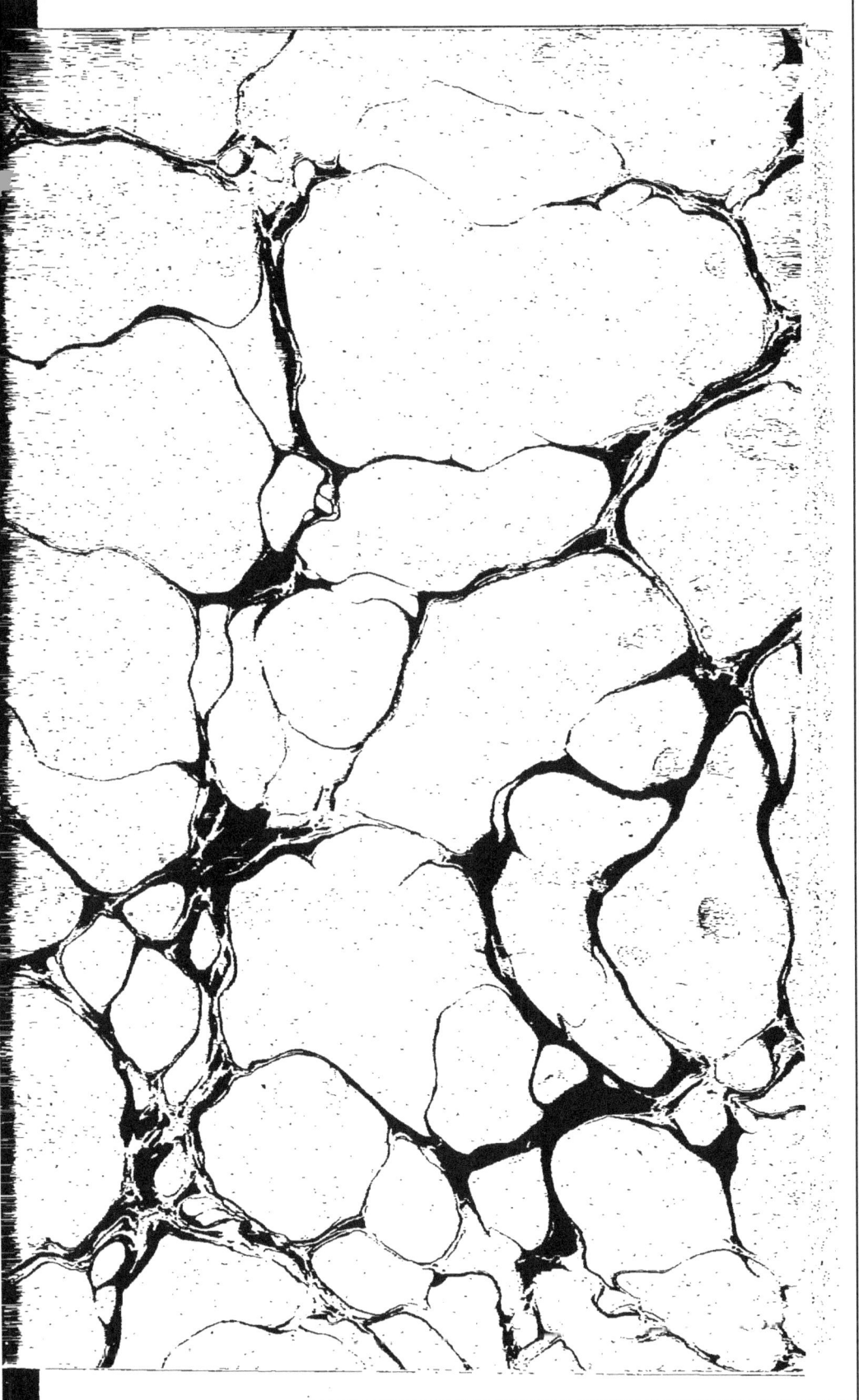

BARON DE FAUCONNET

# SEL

## ET

# POIVRE

## NOUVELLES

NICE
LIBRAIRIE ÉTRANGÈRE, BARBÉRY FRÈRES
5, Jardin-Public, 5

1879

# SEL

ET

# POIVRE

IMP. V.-EUG. GAUTHIER ET Cᵉ,

Descente de la Caserne, 1.

BARON DE FAUCONNET

........................

# SEL

ET

# POIVRE

NOUVELLES

NICE

LIBRAIRIE ÉTRANGÈRE, BARBÉRY FRÈRES

5, Jardin-Public, 5

—

1879

LE

# CRIME DE NIENS

# CRIME DE NIENS

## I

Il fait une nuit froide, la bise souffle du
Nord, quelques rares étoiles scintillent au
firmament, et minuit comme un glas funè-
bre sonne à l'horloge de la rustique et petite
église de Niens, village perdu au milieu
des montagnes des Vosges et composé
uniquement d'une vingtaine de maisons
bien proprettes et d'un joli petit castel au

toit d'ardoises appartenant au comte de
Verneuil.

Avant d'aller plus loin, voyons un peu
quel était ce seigneur qui, à notre époque
toute de voyages et de plaisirs, vivait ainsi
retiré du monde, ne s'occupant que de ses
maigres fermages.

Le comte était un homme d'environ
trente ans.

Au physique, un hercule.

Il avait les épaules carrées, un cou de
taureau et de larges mains dans lesquelles
une lourde carabine ressemblait à une
plume. Au moral, son instruction avait été
des plus négligées, et il avait même fini par
se faire renvoyer du collège où il faisait
ses études.

Mais il était allé à Paris à la mort de son

père, un bien brave homme, et y était resté deux ans.

On ne devient pas Parisien en deux ans; mais après un séjour de cette étendue, on revient en province avec quelques vices de plus, et pas une des qualités que le séjour prolongé de la capitale permet d'acquérir. M. de Verneuil n'avait qu'une très médiocre fortune et il s'en vantait.

C'était là son beau côté et ce qui l'avait fait aimer des paysans.

En revanche, il avait une morgue aristocratique des plus hautes et se croyait admiré des filles et des femmes de ses fermiers.

Donc le comte vivait sur sa terre parce qu'il ne pouvait faire mieux. Les coups de chapeau des paysans et les flatteries du curé suffisaient à son orgueil.

Son amour-propre était plus difficile.

Le comte avait des prétentions à la Don Juan, il était ce que de nos jours on appelle dans le monde des barrières « un joli cœur. » Bourgeoises, paysannes, femmes mariées ou jeunes filles avaient son petit coup d'œil. Il tournait la tête aux bergères, aux gardeuses d'oies ; débitait des galanteries aux petites bourgeoises de la ville voisine, et ne pouvait comprendre que le droit du seigneur fût aboli !

Voici en deux mots le portrait physique et moral du comte de Verneuil.

Non loin du castel, et bâtie sur la pente légère d'une petite colline, se voyait une jolie maisonnette en briques rouges, habitée par un vieux brave homme, ancien militaire et par sa fille Louise, charmante enfant de dix-huit ans, d'une rayonnante beauté, grande, mince, rondelette pourtant, les épaules larges, les pieds cambrés. Elle avait les lèvres rouges, les dents blanches, l'œil d'un bleu sombre, les cheveux d'un noir bleuâtre et ce fin ovale qui annonce le type des races latines; un sourire et un regard qui incendiaient tous les paysans naïfs et fiévreux.

Tous les jours cette grande fille promenait le vieux soldat et lui servait de soutien, car il était aveugle.

Il y avait bien aussi un fils, mais depuis longtemps il avait quitté Niens et était parti à Paris chercher la fortune. Les braves gens du pays disaient à qui voulait l'entendre que le frère de Louise Legrand était contre-maître à la manufacture de Sèvres.

Les douze coups de minuit venaient de sonner.

Une ombre, un fantôme se glissa hors de la maisonnette de briques et gagna le jardin. L'ombre marchait d'un pas rapide; au bout du jardin il y avait une porte qui donnait dans des champs de betteraves, l'ombre marchait toujours et se dirigeait vers cette porte : or, cette ombre, on le devine, n'était autre qu'une femme enveloppée dans une longue capote grise, et cette femme, ou plutôt cette jeune fille, était Louise Legrand.

Elle cheminait d'un pas rapide, s'arrêtant quelquefois d'un air inquiet en prêtant l'oreille au moindre bruit, puis au bout de cinq minutes elle arriva à la petite porte dont elle avait la clef.

Quand cette porte fut ouverte, elle hésita encore. Allait-elle franchir le seuil ?

De l'autre côté de cette porte, à cent mètres, on voyait le commencement d'une longue et belle allée d'arbres.

Cette allée servait d'avenue au petit castel de M. de Verneuil.

A travers les arbres, et sur la façade du château, au premier étage brillait une lumière. La vue de cette clarté donna du courage à Louise, car elle tira brusquement la porte et se trouva dans les champs, se dirigeant vivement du côté du castel.

A mesure qu'elle approchait, sa marche devint plus lente, plus hésitante. Tout à coup, la sueur au front, elle s'arrêta : elle hésitait à franchir la porte du domaine seigneurial.

— Mon Dieu! murmurait-elle, prenez pitié de moi!... Mon Dieu! venez à mon aide !.. Puis elle se remit en marche et d'un pas inégal et fiévreux s'engagea dans l'allée d'arbres séculaires conduisant au château qui, de ce côté-là, n'avait plus ni fossés, ni grilles, ni mur de clôture.

L'allée menait tout droit à un perron de quelques marches au-dessus duquel s'ouvrait la porte d'entrée. Comme Louise approchait, un chien aboya.

La pauvre jeune fille s'arrêta toute tremblante, en même temps la lumière sur laquelle elle avait toujours les yeux fixés s'éteignit.

Le chien cessa d'aboyer.

Tout émue, Louise s'était assise sur un banc qui se trouvait placé à l'ombre entre deux arbres; elle attendit quelques minutes, puis elle entendit un léger bruit : c'était la porte du château qui s'ouvrait. Un homme se glissa au dehors, descendit le perron, et s'engagea dans l'avenue.

Alors Louise se dressa.

L'homme alla vers elle et lui prit silencieusement la main.

C'était le comte de Verneuil.

— Chère Louise ! dit-il.

— Robert, répondit Louise, il faut que je vous parle... il le faut !

— Mais mon amie, répondit le comte, vous ne pouvez rester ici ? Venez... tout le monde est couché au château... comme vous tremblez?... vos mains sont glacées ! qu'avez-vous donc ?

— J'ai froid, dit-elle.

Il était près d'une heure ; elle se laissa entraîner.

Le chien avait reconnu son maître, et sans doute ce n'était pas la première fois que la jolie villageoise franchissait à pareille heure la porte du château, car le gardien fidèle resta muet.

M. de Verneuil introduisit la jeune fille dans une petite salle richement meublée, espèce de petit salon ou fumoir qui se trouvait au rez-de-chaussée, à gauche du vestibule d'entrée.

Un grand feu pétillait joyeusement dans la cheminée, et une belle lampe de porcelaine de Sèvres à abat-jour vert était posée au milieu d'une table surchargée de livres et de bronzes d'une grande rareté.

Une fois Louise Legrand assise au coin

de la cheminée dans un large fauteuil et
les pieds sur les chenêts, le comte alla doucement fermer la porte tout en jetant un
regard à l'extérieur, afin de voir si aucune
personne indiscrète ne l'avait suivi, puis,
allant chercher une chaise dans l'angle
d'une fenêtre, il vint s'asseoir au coin de
la table à côté de la jeune fille qui prit de
suite la parole :

— Mon frère arrive dans quelques jours.
Comprenez-vous ? dit Louise d'une voix
vibrante.

— Hélas ! fit le comte en baissant la tête.

— Robert, reprit Louise, vous m'avez
perdue !

— Ma chère...

— Il faut que vous me sauviez !

Et il y eut dans sa voix, en prononçant

ces mots, une singulière énergie, l'énergie du désespoir.

Le comte avait toujours les yeux baissés et paraissait ne pas comprendre.

— J'ai reçu une lettre de Paris aujourd'hui, dit Louise d'une voix ferme, mon frère peut venir dans un an comme il peut arriver demain ; c'est donc positif, je tiens à partir.

— Oh ! fit le comte.

— C'est donc à Lyon, où j'ai une vieille parente, que vous allez vous transporter et m'attendre.

— Mais...

— De là nous partirons pour l'étranger, car je veux avec vous pouvoir cacher ma honte à tous les yeux : arrangez donc tout pour le départ.

— Le départ ! murmura le comte comme un écho.

— Nous irons où vous voudrez, continua Louise.

— Mais... ma chère enfant...

— Ma destinée n'est-elle pas désormais liée à la vôtre ? N'ai-je point pour vous trahi tous mes devoirs de jeune fille ?

— Je vous aime ! balbutia le comte.

— Et pensez-vous, continua-t-elle, que je veuille attendre ici le retour de mon frère qui n'est pas infirme comme mon père, lui, et qui a des oreilles pour entendre et des yeux pour voir ?

— Que diable ! ma chère amie, votre frère n'arrive pas encore !

— Il arrivera...

— Eh... d'ici là ?... et puis, une fuite est-

elle bien nécessaire ? Ensuite, où irons-
nous ? Comment vivrons-nous ? Je ne suis
pas riche... vous le savez... faudra-t-il que
je travaille pour vous faire vivre ?

Louise écoutait avec stupeur ce langage
froid et pourtant raisonnable.

— O Robert, Robert, dit-elle en joignant
les mains, est-ce bien vous qui parlez
ainsi ?

— J'avoue, ma chère enfant, que je suis
un homme positif et non romanesque.
Certes, je vous aime de toute mon âme,
mais avez-vous bien réfléchi à une chose :
c'est que prendre maintenant la fuite, c'est
nous perdre sûrement tous les deux, car
ni l'un ni l'autre ne pourrons jamais revenir ici : vous, ne voulant pas revoir ni
votre père ni votre frère ; moi, n'osant pas

reparaître en ce pays affronter la calomnie et l'opinion publique.

Et il disait tout cela avec calme, comme un homme qui discute une simple raison d'intérêt.

— Mais, malheureux! s'écria tout à coup Louise, vous ne voyez donc pas que je ne puis rester ici!...

— Pourquoi? fit-il.

— Je vais être mère!

Elle prononça ces mots avec une explosion de douleur indicible. Et comme au lieu de tomber à ses genoux et de lui dire : « Viens! partons! fuyons ensemble, » comme il demeurait calme, froid, tout en se contentant de baisser les yeux, elle fut prise d'un légitime accès d'indignation.

— Oh! dit-elle, tout noble que vous êtes,

vous n'avez dans les veines que le sang
d'un lâche ! Puis, se levant, elle courut
vers la porte, l'ouvrit brusquement, et se
sauva en disant : Adieu !... adieu pour toujours ! . . .

.    .    .    .    .    .    .    .    .    .    .    .    .

.    .    .    .    .    .    .    .    .    .    .    .

Martin et Martine, le métayer et la mé-
tayère du comte, furent vers deux heures
du matin réveillés par un horrible cri de
désespoir venant de la mare aux Salins,
non loin de leur habitation. En deux tours
de main Martin fut habillé et se précipita
au dehors suivi de sa femme, vaillante
paysanne qui ne craignait ni Dieu ni diable.

Au moment où le paysan arriva à la
mare, il vit l'eau tourbillonner en formant
des ronds de grande dimension.

Piquer une tête tout vêtu fut pour lui l'affaire d'une minute.

Dix secondes s'écoulèrent !

Dix secondes qui eurent pour Martine la durée d'une éternité. Puis le nageur reparut à la surface soulevant un corps entre ses bras robustes : gagner la rive et l'y déposer fut pour lui l'affaire d'un moment.

La nuit n'était pas assez noire pour que le métayer, en ramenant à la surface de l'eau la malheureuse désesperée, ne l'eût aussitôt reconnue plus encore à ses habits qu'à son visage.

— Louise !... la fille du papa Legrand ! murmura-t-il.

Et comme la Martine approchait : C'est bien elle, n'est-ce pas ?...

— Silence, Martin, fit tout à coup la femme en se penchant sur Louise et lui mettant la main sur le cœur; et après un moment d'hésitation : — Elle vit encore ! fit-elle, Martin, il faut la sauver !

Martin prit la noyée dans ses bras et se mit à courir du côté de la ferme. Martine arpentait la plaine devant lui.

Aussitôt dans un bon lit, déshabillée et bien frictionnée, la noyée laissa échapper un long soupir.

— Elle vit !... elle vit !... s'exclama Martine.

Alors seulement les deux paysans se regardèrent et Martin s'écria :

— Mais pourquoi donc que la Louise a voulu se périr ?

— Je ne sais pas.., dit Martine. A ce

moment Louise ouvrait les yeux et promenait autour d'elle un regard éperdu.

— Où suis-je? murmura-t-elle.

Puis elle reconnut Martine, se souvint, et jeta un long gémissement.

— Oh ! dit-elle, pourquoi ne m'avez-vous pas laissé mourir ?...

— Et pourquoi donc vouliez-vous mourir? demanda Martin.

Elle jeta un nouveau cri : — Parce que... je suis perdue ! dit-elle, perdue !... et à ce mot les deux braves paysans se regardèrent avec stupeur.

Mais soudain Louise poussa un nouveau cri, cri arraché cette fois par la douleur physique qui, comme une tenaille rougie au feu, lui labourait le corps. — Ah ! mon Dieu ! dit-elle. Et soudain elle fut prise d'atroces douleurs et se mit à mordre les draps de lit pour ne point crier.

Stupéfaits, Martin et Martine se regardaient et conservaient un silence farouche.

Cette fois ils avaient bien compris...

— Mais, dit alors Martin, il faut aller au village chercher M. Jacob, le médecin... J'y cours... Et il s'élança vers la porte, mais Martine se plaça devant lui. Vous voulez donc la tuer ? dit-elle.

Et comme Martin reculait :

— Jacques, ajouta froidement la fermière, si quelqu'un entre ici, la Louise est une jeunesse perdue !..

Que se passa-t-il pendant cette nuit terrible ?

Personne ne le sut jamais, car, lorsque vint le jour, Louise était rentrée à la petite maisonnette de son père et, se mettant péniblement au lit, déclarait qu'elle avait la fièvre. . . . . . . . . . . .

. . . . . . . . . . . . . .

Pendant que cette scène dramatique se passait à la ferme, M. de Verneuil s'était senti oppressé par un malaise général, il n'avait pu fermer l'œil de la nuit; cependant il ne savait rien de ce qui s'était passé.

Après le départ précipité de Louise, le comte avait été d'abord si stupéfait qu'il était demeuré à la même place, sans même songer à courir après elle. Mais c'était cependant un homme de grand sang-froid que cet hercule, et il n'était jamais longtemps en proie à une émotion quelconque.

Il alla tranquillement fermer sa porte tout en se disant :

— Au diable les femmes et les filles ro-
manesques ! Me voit-on prendre la fuite
avec la petite Louise Legrand, et me river
à tout jamais ce boulet au pied ?...

— Mais, ajouta-t-il, voyons un peu : la
belle enfant m'a prévenu que son frère
pouvait arriver d'un jour à l'autre ; s'il
apprend quelque chose, et certainement on
lui en contera long.., il faudra s'expliquer,
et je ne tiens nullement soit à me marier
avec cette petite paysanne, soit à me faire
assassiner par cet ouvrier que l'on dit assez
mauvaise tête.

Puis, ne pouvant fermer l'œil, il médita.

Le sujet de cette grave méditation, qui
dura jusqu'au matin, donna comme con-
clusion un voyage à Paris. La saison le
permettait ; le comte, un peu fermier, avait

vendu fort bien toutes ses récoltes, fait ses coupes de bois, et mis deux ou trois mille francs de côté.

Ce qui fut réfléchi et conclu fut lestement exécuté.

Dès l'aube, le comte fit ses préparatifs de voyage, et, filant en sourdine à la gare, monta dans le premier train qui le déposa le soir même dans la capitale à l'abri de toute poursuite.

## II

Plusieurs mois se sont écoulés, et le comte a passé l'hiver à Paris, au milieu du tourbillon des fêtes ; mais, les soirées terminées, que faire dans la capitale ?

Puis il voulait revoir son château, l'état de ses terres ; le printemps allait finir ; il se décida donc, malgré ses répugnances, à retourner dans son petit domaine.

Or donc, un matin, vers le deux juin, il prit le train et s'arrêta à la gare de Niens.

Il était neuf heures du soir, le jour venait de finir, et le ciel tout étoilé annonçait une splendide journée pour le lendemain.

Le métayer Martin attendait M. de Verneuil à la gare.

— Ah! monsieur le comte, dit-il aussitôt qu'il !l'aperçut, voilà tellement longtemps que nous vous attendons que, lorsque ce matin nous avons reçu votre lettre, ma femme ne voulait pas croire à votre arrivée.

— Bonjour Martin, bonjour mon ami, dit le comte, et il tendit sa main aristocratique à son vieux serviteur.

— Ousqu'ils sont, vos bagages, demanda ce dernier.

— Là, dit le comte, et il montra sur le quai une malle et une petite valise.

— Vous n'avez que ça ?

— Absolument, j'ai laissé le reste à Paris dans mon logement, car je ne compte pas rester ici longtemps... Puis il monta dans la carriole. Martin prit les rênes, un vigoureux coup de langue excita le cheval qui partit au trot.

— Qu'y a-t-il de nouveau, maître Martin ? demanda le comte au bout d'un quart d'heure de chemin.

— Il y a du nouveau et il n'y en a pas, répondit le fermier.

— Comment ça ?

— Pour ce qui est du pays, c'est toujours la même chose, monsieur le comte; l'avoine est chère, le grain un peu moins; les sarrasins sont bien élevés, et les sapins poussent bien.

— Et puis ?

— Tout votre monde se porte bien, mais le château a besoin de réparations dans la toiture.

— Et puis ?

— Oh ! il y a bien une histoire qui court le pays, certainement vous en entendrez parler, mais nous savons, nous, que tout ça c'est quasiment des mensonges.... c'est une histoire de femme... et vous savez, monsieur le comte, quand on s'attaque aux femmes... dame, il y a de quoi broder ! mais, pendant que la Grise trotte, j'vas vous conter ça, si ça ne vous ennuie pas.

— Va, je t'écoute.

Le brave homme raconta alors à son maitre comme quoi Louise Legrand avait eu un enfant, comme quoi l'accident était

3

arrivé chez eux. Que pour tout le pays, au dire du père Legrand, cet enfant était un petit neveu qu'il avait recueilli par charité, mais que les paysans n'y croyaient nullement et étaient même certains que cet enfant n'était autre que le fruit de la mauvaise conduite de la fille de l'aveugle avec un gars du pays. J'ajouterai même, dit le paysan avec un sourire un peu narquois, que l'on croit généralement que vous en êtes le père..., mais monsieur le comte sait bien que cela n'est pas.

— Oh ! oh ! dit vivement M. de Verneuil, tu en es sûr ?

— Pardine, ajouta le paysan qui lança un vigoureux coup de fouet à la Grise qui, excitée par les « hue » et les « dia » arriva bien vite devant le perron du château.

Ce même jour, mais deux heures après, un homme descendait à la gare de Niens d'un train de petite vitesse venant aussi de Paris.

C'était un grand et maigre gaillard, tout efflanqué, une figure pourtant intelligente, une belle tête brune que couronnait une chevelure crépue comme la laine d'un mouton.

Son costume était celui d'un ouvrier aisé qui se permet pour le dimanche le paletot noir et le chapeau haute forme. Il portait de gros gants de laine et de bons souliers de peau. Cet homme était parti le matin de Paris et s'était installé dans un wagon de troisième classe. Quand le train se fut arrêté à Niens, il était descendu, avait tranquillement remis son billet à l'homme de la barrière, puis, chargeant un léger balluchon sur son épaule gauche, de la main droite il avait pris un gros bâton noueux et s'était mis à arpenter vigoureusement la route qui conduisait au village.

Il faisait nuit noire.

— Je ne puis cependant pas rentrer chez mon père à cette heure ? Voyons, il me faut un gîte pour cette nuit.

Puis se frappant tout à coup le front :

— Où diable avais-je l'idée ? Je vais aller chez les Bordier, l'auberge est bonne, et j'aurai là bon souper et bon lit.

Dix minutes plus tard, il frappait de son bâton à la porte de l'auberge.

— Entrez ! cria une voix de l'intérieur.

Le voyageur poussa le loquet et péné-

tra dans la salle basse de l'auberge, misé-
rablement éclairée par une mauvaise chan-
delle posée sur la table, et qui jetait sur
les murs une lueur blafarde et trem-
blotante.

— Bonsoir, monsieur, dit la voix de
l'aubergiste.

— Comment, père Bordier, vous ne me
reconnaissez pas ?

— Ma foi non, excusez !

— Je suis le fils du papa Legrand.

— Ah ! dit l'aubergiste avec un geste de
contentement, que je suis donc aise de te
voir, mon gars.... tiens, mets-toi à cette
table, et en cherchant bien, j'espère te
servir un ragoût dont tu me diras mer-
veilles.

— Ta femme va bien ?

— Hum ! hum! couci couça, elle tous-
sote toujours un peu ; aussi l'ai-je envoyée coucher de bonne heure.... mais
laisse-moi préparer le ragoût, car tu dois
avoir faim, et je vais y joindre une bonne
bouteille de nos côtes...

— Allez, dit Legrand d'un ton enjoué,
mais vous trinquerez avec moi !

— Pas de refus, mon enfant, répliqua le
vieillard tout en descendant à la cave afin
d'y chercher la bonne bouteille promise.

Une demi-heure après, devant une
table bien servie, l'aubergiste et le fils
Legrand se racontaient l'un les cancans du
village, l'autre le récit de son séjour dans
la capitale.

— Et le père et la sœur, comment vont-
ils ? interrogea Legrand.

A cette demande, posée à brûle-pour-
point, l'aubergiste resta un moment sans
répondre tout en baissant la tête.

— Eh bien, tu ne dis rien ?

— Que veux-tu que je te dise ?

— Je te demande des nouvelles de chez
nous.

— Tout le monde va bien.

— Comme tu me dis ça ?

— Comme je te dirais autre chose.

— Tu me caches un mystère ? dit tout à
coup le jeune homme. Voyons, tu sais que
je suis fort, explique-toi.

— Tu le veux, Legrand, aussi vaut-il
mieux que je te le dise moi-même, tu l'en-
tendrais dire par tous les gens.

— Mais qu'y a-t-il, tu me fais mourir
d'attente, explique vivement.

— Eh bien écoute, Legrand, mais tu resteras calme ?

— Je te le promets, vieux !

— Tes parents savent-ils que tu es revenu au pays ?

— Non.

— Alors tout le monde te croit encore là-bas ?

— Oui, ma sœur m'a même écrit de ne pas revenir.

— Elle a bien fait, répondit en souriant l'aubergiste.

— Pourquoi ? demanda anxieusement le jeune homme.

— Parce qu'il ne faut pas que tu restes au pays.

— Hein ?

— Tu aimes bien ta sœur Louise ?

— Assurément, que je l'aime !

— Eh bien, ne va pas au pays.

— Mais à la fin des fins me diras-tu
pourquoi ?

— Tu me promets d'être calme ?

— Oui.

— Elle a un enfant....

Il y avait un large et long couteau à dé-
couper sur la table, un long couteau pointu
comme on en voit dans les cuisines. Legrand s'en empara et, le levant sur l'aubergiste :

— Vieille canaille, s'exclama-t-il, dis-moi
que tu en as menti, ou je te tue !...

L'aubergiste ne sourcilla point.

Le sang-froid de ce vieillard en imposa
au jeune homme qui laissa tout à coup
retomber le bras et le couteau.

— Mais c'est donc vrai, ce que vous me dites-là ? s'écria-t-il.

— Hélas ! mon pauvre garçon, si ça n'était pas vrai, on ne te le dirait pas.

Legrand s'était levé tout debout et, brandissant le couteau qu'il avait ramassé, il se promenait dans la salle basse de l'auberge comme une bête fauve tombée dans une fosse.

— Mais quel est donc le misérable qui l'a séduite ? s'écria-t-il enfin.

L'aubergiste baissa la tête.

— Il faut pourtant que je tue cet homme, hurla Legrand.

Il n'obtint pas de réponse.

Alors il jeta le couteau et prit une attitude suppliante :

— Père Bordier, au nom du bon Dieu,

fit-il, dites-moi le nom de l'infâme qui a
déshonoré ma pauvre sœur !

— Tu le veux absolument ? dit le père
Bordier.

— Oh oui, ce nom ? ce nom ?

— Tu penses bien, mon gars, que, depuis que tu es parti, la jolie Louise en a
tourné de ces têtes !...

— Après ?

— Il n'y avait pas un gars du pays qui
n'en fût amoureux, et les épouseurs se
comptaient par centaines.

— Cependant, celui qui l'a séduite...

— Ce n'était pas un homme de notre
rang. Un villageois habillé d'une blouse,
les pieds en sabots, la faute commise l'aurait épousée.

— Un bourgeois ?

Et Legrand prononça ce mot avec une explosion de fureur.

— Un peu plus haut, mon gars.

— Le comte de Verneuil! s'exclama Legrand, puis, ce cri de fureur poussé, il retomba sur sa chaise la bouche béante, l'œil hagard, les cheveux hérissés, ressemblant à un de ces chênes foudroyés, frappés à la racine par la hache du bûcheron. Puis tout à coup il se releva, étreignit son front de ses deux robustes mains et, se jetant sur le couteau qu'il avait déposé sur la table, il sortit comme un fou de l'auberge en laissant la porte grande ouverte.

— Il va faire quelque malheur, dit l'aubergiste comme acquit de conscience, puis lentement, et après avoir levé les épaules, il monta dans sa petite chambre au troi-

sième étage de l'auberge, se promettant
d'aller le lendemain aux renseignements.

Pendant que l'aubergiste dormait les
poings fermés, Pierre Legrand avait fait
du chemin ; il avait pris à travers bois, et
en moins de deux heures il atteignit le
village.

Le château se dressait devant lui et il
apercevait, éclairée par les reflets argentés
de la lune, la toiture d'ardoise du bâti-
ment. Puis, un peu plus loin, dans un
contre-bas, il finit par distinguer la petite
maisonnette où il avait passé sa jeunesse.
Au lieu de le calmer, cette vue le rendit
plus furieux ; pendant cinq minutes, il se
roula sur le gazon ; puis, le calme à peu
près revenu, il se releva, serra le manche
de son couteau et, les yeux sur la demeure

du comte, il demeura quelques instants sombre et farouche.

Puis tout à coup :

— Allons, il faut que justice se fasse !

Pendant le restant de la nuit, il rôda aux alentours du village, et aux premières lueurs du jour se trouva à la porte de son père.

Louise était levée, car la porte était ouverte, et un grand feu de sapin brûlait dans la cheminée de la cuisine.

Pierre entra.

En ce moment il entendit une voix qui sortait de l'étage supérieur et qui disait :

— Est-ce vous, Antoinette ?

Antoinette était la servante.

Pierre sentit ses jambes fléchir : il avait reconnu la voix de sa sœur.

Mais il entendit en même temps le vagissement d'un enfant. Alors un nuage de sang passa sur ses yeux.

Il se dirigea vers l'escalier et en monta lestement les degrés.

Louise était au milieu de sa chambre en train de bercer l'enfant, quand Pierre apparut sur le seuil.

Elle jeta un cri.. Pierre fit un pas vers elle :

— Vous ne m'attendiez pas, Louise, dit-il ; et en disant cela il était d'une pâleur mortelle, et ses yeux lançaient des flammes non contenues.

— Qu'avez-vous, mon frère ? dit la jeune fille.

— Je sais tout.

— Tout quoi ? dit Louise, voulant se donner une contenance.

— Mais, misérable fille, et cet enfant ?
Le fils du comte ? Ah ! il vous faut des nobles, à vous ! Ah ! vous ne craignez pas de
déshonorer le nom de vos parents ! Mais
ne crains rien, je le tuerai ton châtelain,
qui n'a pas craint de venir ici porter la
honte et le déshonneur.

— Mais ce n'est pas lui, mon frère, cet
enfant n'est pas du comte.

— De qui est-il, alors ?

— Je ne te le dirai pas.

Pierre lui saisit violemment le bras et le
serra à le broyer.

— Mais tu veux donc que je le tue ?
fit-il.

Et il tira son couteau.

Louise ne recula point.

— Tuez-moi, si vous l'osez ! dit-elle.

Pierre, éperdu, y vit rouge une seconde;
cette seconde lui suffit amplement : il leva
le bras qui retomba armé du couteau.

Un cri déchirant se fit entendre, et Louise
roula sanglante sur le parquet de la chambre; alors, perdant la tête, les yeux
hagards, le visage livide et le couteau sanglant à la main, Pierre se précipita comme
un fou dans la direction du château.

Il courut un quart d'heure, puis, s'arrêtant, il trempa sa tête brûlante dans l'eau
claire d'un ruisseau et, le calme revenu,
il mesura l'étendue du crime qu'il venait
de commettre.

— Il n'y a plus à reculer, se dit-il, je
tuerai le comte; mais, comme je veux me
tuer après, il ne faut pas qu'on puisse m'en
empêcher.

Fort de son raisonnement, il entra dans la cour d'honneur qui s'étendait devant le perron ; le domestique du châtelain était en train de seller un des chevaux, car le comte devait faire une promenade ce matin-là.

Pierre demanda au palefrenier si le comte pouvait le recevoir.

— Monte au premier, le maître est dans son bureau et il est prêt.

Pierre franchit le perron, monta l'escalier, et frappa à la porte du cabinet de travail.

Monsieur de Verneuil, les yeux sur un journal qu'il venait de recevoir, donna l'ordre d'entrer.

La porte s'ouvrit.

Pierre entra.

Le comte leva les yeux et poussa un cri, puis son visage se couvrit d'une pâleur mortelle.

Il avait reconnu le frère de sa victime.

— Je vois, monsieur le comte, dit froidement l'ouvrier, que vous me reconnaissez.

— Sans doute, répondit le comte ; mais tu as de singulières façons d'entrer chez les gens.

— Excusez-moi, répondit Pierre, j'ai une explication à vous demander.

— Parle, mon garçon, mais sois bref, il faut que je sorte.

— Monsieur le comte, je viens de chez mon père, et je sais tout.

Le comte ne put se défendre d'un léger frisson.

— Je sais tout, continua Pierre, j'ai fait
un mauvais coup, je crois que j'ai tué ma
sœur : si elle n'est pas morte, épousez-la !

— Tu veux rire, dit le comte qui avait
recouvré tout son calme.

— Je vous dis que vous l'épouserez...
ou sinon..? dit Pierre en sortant son couteau de sa poche.

Le comte recula d'un pas, s'approcha
d'une panoplie et, après avoir pris un couteau de chasse, l'assura dans sa main.

— Je me garde, mon garçon, lui dit-il,
car je vois que tu es entré ici avec l'intention de m'assassiner.

— Je vous tuerai, aussi vrai que je suis
là, mais j'aime mieux que vous soyez
armé, car nous pourrons nous battre.
Allons, monsieur, défendez-vous !

Le comte se mit sur la défensive, Legrand bondit sur lui, puis il s'ensuivit une lutte terrible, épouvantable, où l'on entendait des cris de rage et de douleur.......

. . . . . . . . . . . . . .

. . . . . . . . . . . . . .

. . . . . . . . . . . . . .

Dans la même journée, et comme les autorités venaient de sortir de chez le père Legrand afin d'y constater la mort de sa fille, elles furent requises d'avoir à se transporter au château. En ouvrant la porte du bureau de travail, un horrible spectacle s'offrit à leurs yeux.

Au milieu du cabinet, et contre la table était étendu le corps du comte, couvert de coups de couteau, la figure hachée. Une lutte acharnée devait avoir eu lieu, car les meubles étaient brisés, les rideaux arrachés et les tentures des murs souillées de larges taches sanglantes.

Une longue traînée de sang aboutissait à la fenêtre ; il était facile de constater que l'assassin avait dû fuir par là.

La police se mit de la partie, mais elle fut impuissante.

. . . . . . . . . . . . . . .

Il y a deux ans mourait, dans un des grands couvents de France, un homme pieux et juste qui, à l'heure de paraître devant Dieu, confessa ce grand crime.

Cet homme, c'était le fils de l'aveugle Legrand.

ROSE

# ROSE

................

Voici s'avancer babillante,
Venant saluer le printemps,
La fauvette agaçante,
Le chardonneret lutinant.
Un jour, par aventure,
Rose, folle et légère,
S'ébattait sous la verdure
En riant, la bergère.

\*
\* \*

A l'entour des grands chênes,

Auprès du lierre grimpant,

Rose, toute hors d'haleine,

Arrivait en bondissant.

Bientôt, toute joyeuse,

Et de sa main légère

Attrape la babilleuse

En rêvant, la bergère.

\*
\* \*

Rose, l'enfant naïve,

Ayant l'oiseau trop pressé

Vit, hélas ! de sa captive

La tête grise se pencher.

Doucement et inquiète

Au milieu de la fougère

Elle coucha la fauvette

En pleurant, la bergère.

# DIANE

# DIANE

Afin que le lecteur n'aille point se fourvoyer, nous dirons tout de suite que notre héroïne, à part son trépas malheureux, n'a rien de commun avec la célèbre Diane, déesse de la chasse.

La Diane dont il est question était, en son vivant, une douce et bonne créature dépourvue d'ambition et de mœurs faciles, sauf pourtant une bonne dose de gourmandise; c'était son péché mignon, mais qui n'a pas le sien ?

Elle menait une existence pure et tranquille, accomplissant soigneusement les modestes devoirs qui lui étaient confiés, et encore quels devoirs! Deux fois par semaine seulement assister à une chasse.

De père en fils ou en fille, cette noble famille de la race canine avait fidèlement servi la maison des comtes de Vals de Villers.

Il eût été réellement fort difficile de trouver une plus belle chienne que Diane, car Diane était une chienne.

Sans cette circonstance, nous prenons sur nous d'affirmer que ses éminentes qualités l'auraient fait connaître dès longtemps au monde, et qu'il n'aurait point eu besoin de nous pour écrire tardivement sa biographie.

Son portrait en pied, qui orne la salle à manger du château d'Aigrefeuille, atteste qu'elle était de haute stature, portait fièrement la tête et témoignait par son torse robuste une héroïque intrépidité, chose assez rare chez une épagneule.

Son poil était brun, tigré de blanc, son museau fin et allongé, et de jolies oreilles bien longues encadraient merveilleusement sa belle tête fine et intelligente.

Les soies de ses reins, molles et légèrement bouclées, donnaient de la richesse à sa fourrure.

En l'automne de l'année 1793, Diane avait quatre ans. Son cou robuste ne portait point le lourd collier de cuir, hérissé de pointes de fer. Un simple anneau de cuivre, luisant comme de l'or et portant la couronne de comte, se cachait à demi sous ses poils soyeux.

A cet anneau pendait une petite plaque où se voyait un chiffre délicatement gravé et formé des initiales H. V. de V...

Diane appartenait donc à Mademoiselle Hortense de Vals de Villers.

A cette époque, le beau château d'Aigre-feuille n'avait plus cet aspect de vie et de bien-être qui réjouissait naguère ses hôtes, au bon temps où M. de Vals tenait table ouverte.

Situé à trois lieues de Rennes, sur la lisière de la forêt, le riche manoir servait de rendez-vous à toute la vieille noblesse du pays.

En effet, c'était fête perpétuelle, les remises et les écuries pouvaient à peine suffire à la masse des voitures et des chevaux, et il fallait être dans l'intimité du châtelain pour y faire admettre son carrosse.

Les fêtes, dans cette demeure, étaient splendides ; le soir, les salons s'illuminaient ; les mille cristaux des girandoles envoyaient des faisceaux d'éblouissants rayons à la sombre dorure des portraits de famille et aux émaux savamment éprouvés des écussons ; puis venait le souper qui se donnait dans une grande salle aux murs recouverts de tapisseries où se détachaient les armes de la famille.

Ces fêtes splendides se terminaient toujours par un grand bal, bal anti-révolutionnaire, avec sa danse grave, digne, naïve mais hautaine, et qui rappelait, par son royal caractère, les nobles mœurs des jours chevaleresques.

Depuis de longs mois les lustres s'étaient éteints, le silence s'était fait dans les longues galeries du vieux domaine; l'on n'y voyait plus de cavaliers empressés et de nobles dames couvertes de velours, de diamants et de fleurs.

C'était pourtant le même château, dressant superbement ses hautes tours qui gardaient, comme des sentinelles, les autres corps du logis.

Il y avait toujours, d'un côté de la cour, les immenses écuries; de l'autre, les communs, où l'on eût pu loger à l'aise une vingtaine de domestiques.

Mais les communs étaient déserts et

deux chevaux grelottaient seuls dans la vaste solitude de l'écurie.

Un mauvais ange avait plané au-dessus d'Aigrefeuille, secouant son aile noire sur ses joies et mettant à néant du même coup sa grandeur et sa puissance.

Depuis cinq ans, le chef actuel de cette haute et puissante maison était un vieillard octogénaire qui avait successivement perdu ses quatre fils : deux à l'armée, et deux dont les têtes roulèrent sur l'échafaud au bénéfice de la Révolution.

Que de familles dont le sort fut pareil ! et que de nobles en France peuvent s'inscrire sur ce livre rouge et sanglant !...

Il y avait encore un fils, mais ce dernier rejeton d'une grande race se battait en Vendée et soutenait encore d'une main ferme et vaillante le noble étendard de son roi.

Monsieur de Vals de Villers habitait donc seul avec sa petite-fille Hortense. Son grand âge et la vénération dont il était l'objet de la part de ses anciens vassaux avaient suffi pour le protéger du sanglant tribunal de la Révolution.

Les paysans du village et les sabotiers de la forêt se découvraient encore sur son passage, lorsque, à de rares intervalles, il parcourait, appuyé sur le bras d'Hortense, les campagnes qui avaient été son domaine.

Les paysans s'arrêtaient même avec lui et lui souhaitaient le bonjour, et pourtant ces paysans tremblaient...

On n'était qu'à trois lieues de Rennes,

cité de vingt-cinq mille âmes ; la guillo-
tine y était en permanence ; aussi tout le
monde se tenait tranquille.

Monsieur de Vals s'était défait de sa
meute, de ses chevaux et de ses valets ; il
n'y avait plus au château, outre le jardi-
nier, qu'un brave serviteur nommé Duchemin, deux chevaux de selle, et notre
héroïne qu'on avait conservée sur les
prières d'Hortense.

Celle-ci était une jolie enfant de seize
ans dont le doux visage empruntait aux
malheurs qui avaient accablé sa race une
expression de mélancolie.

Elle aimait énormément son grand-
père ; toujours aux petits soins auprès de
lui, il n'était pas de caresses et de flatteries qu'elle ne lui fît.

Le matin, quand M. de Vals de Villers
s'éveillait, la première figure qu'il voyait
était celle d'Hortense ; elle lui faisait tous
les soirs la lecture, ce qui fait que le vieillard s'endormait toujours enveloppé de
pensées gaies, qu'encadrait toujours le
blond visage de la jeune fille.

Pendant ces doux moments, Diane était
toujours couchée dans un coin du salon
ou sur le devant de feu de la chambre ; ses
beaux yeux gris, à reflets de feu, se
fixaient joyeusement sur sa jeune maîtresse ; quand par hasard le regard d'Hé-
lène tombait sur elle, elle se levait à demi,
tendait ses deux pattes de devant, faisait
le gros dos et humait béatement l'air.

La nuit, elle se couchait en travers de
sa porte sur un large paillasson, comme

faisaient les gentilshommes de la chambre des anciens rois de Portugal.

Dès qu'Hortense mettait le pied dehors, Diane tournait en bondissant autour d'elle et accourait follement le long des grandes allées du parc, enjambant les plates-bandes et revenant mettre son museau dans le sable aux pieds de sa maitresse.

Diane aimait aussi le vieux gentil-homme, mais son attachement pour la jeune fille était de beaucoup supérieur ; sur un signe d'elle, elle eût abandonné un os à moitié rongé ; et elle aurait peut-être, sur un ordre, signé un traité de paix avec certain matou retranché dans les combles du château et contre lequel elle entretenait une *vendetta* héréditaire.

Il y avait au bout de l'ancien parc d'Ai-

grefeuille un petit ermitage où, par hasard, une croix était restée debout. Hortense dirigeait quelquefois sa promenade
de ce côté.

L'office le plus important de Diane était
d'escorter la jeune fille pendant cette
courte promenade.

Il fallait la voir marchant à vingt pas en
avant pour éclairer la marche de sa jolie
maîtresse.

Aussi, elle marchait fièrement, le nez au
vent, et prête à revenir auprès d'elle à la
moindre alarme. En vérité, sa protection
en valait pour le moins une autre ; elle
avait le jarret ferme, l'œil perçant, et des
dents à mettre en déroute une armée de
loups.

Malheureusement les animaux féroces

qui infestaient alors la France étaient beaucoup plus nombreux et plus méchants que les loups.

Un jour, Duchemin, l'unique serviteur qu'avait gardé le comte, revint du bout de la propriété, l'effroi peint sur la figure.

Mis en présence du comte, il déclara que des gendarmes venaient d'entrer dans la propriété et se dirigeaient vers le château.

Le vieillard et l'enfant reçurent cette nouvelle avec courage; ils s'installèrent dans le grand salon du château et attendirent leur sort.

Cinq minutes s'étaient à peine écoulées que les satellites de Carrier faisaient leur entrée et, sans se découvrir, déclaraient brutalement au comte et à sa petite-fille qu'ils avaient reçu l'ordre de les conduire au tribunal révolutionnaire.

— C'est bien, dit le vieux gentilhomme, nous vous suivons, et puisse plus tard notre sang retomber sur la tête des égorgeurs de la France !

Ces mots étaient à peine prononcés qu'un fracas épouvantable retentit dans le vieux manoir. Surpris, les gendarmes se retournèrent, mais en un clin d'œil ils furent terrassés et garrottés par cinq ou six individus portant le costume vendéen et et ayant à leur tête un homme qui paraissait être leur chef et qui entra dans l'appartement au cri de : « Vive le Roi ! »

— Vive le Roi ! répondit M. de Vals, et, se retournant, il aperçut Diane flattant le nouveau venu.

C'était un homme de grande taille, à la poitrine large et robuste et dont l'aspect seul pouvait, à un moment donné, imposer aux masses.

Sa figure disparaissait sous les larges bords de son chapeau orné de la cocarde blanche.

Un vaste manteau drapé autour de sa taille cachait le reste de son costume.

Il se tenait au milieu de la chambre.

— Qui êtes-vous? demanda le comte de Vals de Villers.

Le nouveau venu fit une caresse à Diane qui venait d'arriver, comme pour la remercier de son bon accueil, jeta son manteau sur un siège et se découvrit.

— Mon père! mon fils! crièrent en même temps Hortense et le vieillard.

L'étranger les pressa tour à tour sur son cœur.

Celui qui venait d'arriver était le dernier héritier des Vals de Villers ; il arrivait du camp royaliste. Ses bottes étaient blanches de poussière et ses éperons sanglants.

Quand sa première joie fut passée, le vieillard devint silencieux. Enfin s'adressant à son fils : Que faut-il croire, Henri, de ce brusque retour ? L'armée du roi est-elle détruite et ne reste-t-il personne pour défendre son drapeau ?

— Monsieur, répondit le vicomte en secouant la poussière de ses bottes de voyage, mes frères sont morts comme il appartenait à vos fils de mourir. Quand le drapeau blanc tombera, vous ne verrez point de sang à mes éperons, mais à mon épée ;

je tiens à honneur d'imiter mes frères. Ne craignez rien, vous n'aurez point la honte d'entendre jamais dire que la guerre est finie tant que battra le cœur du dernier de vos fils.

La cause de ma présence est toute simple. Je faisais une battue, il y a deux jours, à une dizaine de lieues d'ici, lorsque j'appris par hasard, par un espion, que vous deviez être arrêté aujourd'hui; j'ai pris de suite avec moi les six gars qui sont ici et suis venu me poster au fond du parc. Il y avait à peine une demi-heure que j'étais à mon poste, lorsque les gendarmes arrivèrent. Vous savez le reste, mon père.

M. de Vals de Villers prit la main de son fils et la serra fortement.

—Ah ! si je pouvais !... murmura-t-il avec angoisse.

Il y aurait un héroïque soldat de plus dans l'armée de Sa Majesté, mais il faut vous conserver, mon père, et c'est justement pour cela que je suis venu.

Les mesures de rigueur sévissent de plus en plus dans notre beau pays, il faut partir; non pas pour vous, mon père, qui, j'en suis sûr, aimeriez mieux mourir devant l'ennemi et l'épée au poing, mais pour cette pauvre enfant qui est notre seule joie et notre espoir..... Refuserez-vous de lui sauver la vie ?

Le comte refusa d'abord énergiquement, mais, entrainé par les paroles brûlantes de son fils, il finit par céder.

— Viens, Hortense, viens, dit le vieillard

attendri, je tournerai le dos une fois en ma vie, mais tu vivras, et Dieu te donnera des jours meilleurs.

Sur ces entrefaites un des hommes d'escorte demanda à parler au jeune homme, qui s'empressa d'y aller. La chose en valait la peine.

Au moment où les gendarmes étaient faits prisonniers, un espion, s'il fallait en croire ses allures mystérieuses, s'était élancé d'un massif et avait pris la route de Rennes.

— Diable ! dit le vicomte, il faut nous presser, car nous pourrions bien avoir tout à l'heure bon nombre de sans-culottes sur les bras ; le meilleur est de partir.

Faites tout préparer pour le départ qui s'effectuera cette nuit ; pendant ce temps je

vais voir si tout est tranquille. N'ayez donc
aucune inquiétude : je veille.

Embrassant alors son père et sa fille, il
s'élança hors de la chambre, et dix minutes
plus tard les sabots des chevaux réson-
naient sur les pavés de la cour.

Toutes les mesures du vicomte étaient
prises à l'avance ; il avait envoyé des gens
à lui sur la côte, afin de préparer les
moyens de passage, et les quelques hommes qu'il conservait auprès de lui devaient
servir d'escorte aux fugitifs jusqu'à la
mer.

Duchemin fut chargé de mettre en état
l'une des voitures qui gisaient inutiles
depuis longtemps sous la remise et de
préparer les chevaux.

Avant de partir de ce vaste domaine où

elle était née, Hortense voulut une dernière fois s'agenouiller auprès de la croix qui se trouvait dans l'ermitage.

Elle traversa le parc sous l'escorte de Diane et vint s'arrêter au pied du monticule.

Cette croix était située sur une sorte de tertre et dominait la campagne.

Après avoir prié, Hortense s'assit et s'adonna aux pensées du moment; Diane à ses genoux avait pelotonné son corps, ses yeux se fermaient nonchalamment pour éviter un rayon de soleil couchant qui, passant à travers les feuilles, se jouait dans les cils rougeâtres de sa paupière.

Elle semblait sommeiller à demi.

Tout à coup elle leva brusquement la tête et poussa un sourd aboîment.

La tête haute, le jarret tendu, elle braquait son œil grand ouvert dans la direction de la ville.

Hortense suivit ce regard et devint pâle.

Huit cavaliers approchaient tenant un énorme chien en laisse : c'étaient des gendarmes de la Révolution, conduits par un délégué, qui venaient voir ce qui était advenu à leurs camarades et en même temps arrêter les deux aristocrates.

Elle se dressa sur ses jambes, tremblante de peur, et prit sa course vers le château.

Diane, comprenant le danger, s'arrêta un instant sur le tertre et, comme un défi porté aux hommes qui approchaient, fit retentir la vallée d'un aboiment menaçant.

Hortense en arrivant fit part de cette découverte au vieillard et, comme il n'y avait pas une minute à perdre, ils montèrent dans une des chambres du second : la jeune fille tremblante à l'approche du danger, lui au contraire décidé, plutôt que de céder, à vendre chèrement sa vie. Il prit donc son épée et se couvrit la poitrine de la croix de Saint-Louis.

Diane se coucha, en dehors, en travers la porte.

Quelques minutes après la force armée se présentait à la porte du château ; Duchemin, non averti, et qui ouvrit, fut immédiatement fait prisonnier et étroitement lié.

On l'attacha à un arbre qui se trouvait devant l'écurie. Cela fait, le délégué retira la laisse de son limier. Pille ! mon bon ! pille ! dit-il.

Le limier, dressé depuis longtemps à la

chasse humaine, se précipita dans le grand escalier, remplissant le château de ses aboîments.

Les gendarmes et leur chef le suivirent.

Pendant ce temps, Duchemin faisait de son mieux et, à force de persévérance, il parvint à couper les liens qui lui meurtrissaient les poignets ; rampant alors avec précaution, il alla jusqu'au fossé d'enceinte, puis, se redressant tout à coup et prenant son élan, il le franchit et disparut rapidement dans la campagne.

Les gendarmes qui, pendant un certain temps, avaient perdu leur limier de vue, l'entendirent donner de la voix vers le second étage ; à leur tour, ils précipitèrent leur marche et gravirent lestement l'escalier, en se tenant sur leurs gardes.

La chambre qui servait de refuge à M. de Vals était située au fond d'un large corridor; la porte en était très étroite et un seul homme pouvait y passer.

Diane était toujours à son poste, couchée en travers de la porte.

Quand le limier, guidé par son flair exercé, entra dans le corridor, elle se leva silencieusement sur ses quatre pattes. Une seconde après, les deux chiens étaient en présence.

C'étaient deux robustes animaux, pleins d'ardeur, de force et de souplesse.

Le limier montra sa double rangée de dents blanches et pointues.

Diane ne bougea pas.

— Hardi! mon brave, cria de loin le républicain.

Le limier bondit en avant. Diane l'évita
et le prit à la gorge. Le limier se débat-
tit convulsivement durant une seconde,
poussa un sourd hurlement, se raidit et
demeura immobile : il était mort.

Diane alors le lâcha et se recoucha pai-
siblement en travers de la porte de la
chambre.

—Où diable est passé mon chien, disait le
délégué dans l'escalier, on ne l'entend plus..

— Hardi ! hardi ! mon gros.

Le malheureux chien ne pouvait répondre et pour cause.

Le délégué s'impatienta et en une minute, suivi des gendarmes, il pénétra dans
la chambre ; là, il recula, et certes il y avait
de quoi. Au milieu de la pièce gisait le
cadavre de Rustaud, la langue pendante

et l'œil encore ouvert ; un peu plus loin, dans une encoignure, les yeux flamboyants de Diane.

— Nous y voilà, camarades, dit-il en se retirant prudemment, voici le monstre qui a tué mon chien. Le chien est là ; l'aristocrate doit s'y trouver. Allons ! mes amis, éventrez-moi cet animal et vous aurez mérité de la patrie.

Chose facile à dire, mais assez difficile à exécuter. Le premier gendarme qui voulut s'approcher et sonder le mur, fut terrassé comme un enfant.

— Tirez ! s'écria le délégué, immolez ce monstre aux mânes chéries de mon noble et vaillant compagnon.

Les gendarmes mirent en joue, mais à ce moment la porte s'ouvrit et M. de Vals parut sur le seuil; il avait tout entendu et, voyant sa perte certaine, il voulut faire tête au danger.

En ce moment suprême, sa haute taille s'était fièrement redressée; son hautain visage, autour duquel voltigeaient quelques mèches blanches, brillait d'une résolution sublime; il portait l'habit militaire, et ce fut l'épée à la main qu'il se présenta devant ses ennemis.

Les gendarmes se sentirent intimidés devant ce débris de l'ancienne armée; mais le délégué reprit courage devant cet homme à cheveux blancs.

— Salut citoyen, dit-il, on a besoin de toi là-bas, au tribunal. Tu es bien le citoyen Vals, n'est-ce pas?

— Je suis, répondit le vieillard d'un ton

grave, le comte Vals de Villers, marquis de Croix, seigneur de Vieilcastel, chevalier des ordres du roi, lieutenant général et...

— Assez citoyen ! assez ! il y en a dix fois de trop pour te faire pendre, s'écria le délégué en éclatant de rire. Allons, donne-nous ta vieille rapière et suis-nous.

— Viens donc la prendre, répondit M. de Vals, et il se mit résolument en garde.

Le sans-culotte, alléché par cette facile victoire, porta une botte furieuse au vieil-lard que celui-ci para faiblement.

Hortense s'élança au-devant du comte pour parer le coup, mais elle fut prévenue par Diane, qui, n'écoutant que son dévoû-ment, se jeta au-devant de la jeune fille ; ce fut elle qui reçut le coup d'épée en plein poitrail.

Elle poussa un hurlement plaintif et roula sur le plancher.

Voyant qu'il ne pouvait résister plus longtemps, le comte brisa son épée sur son genou, en jeta les morceaux par la fenêtre ; puis, se croisant les bras, se rendit au cri de : Vive le Roi !

— Vive le Roi ! répéta cette même voix grave et forte qui s'était fait entendre une heure auparavant.

Le vieillard fut, en un clin d'œil, débarrassé de ses liens ; pendant cette opération, il y avait bataille dans l'appartement. Les gendarmes ne purent tenir longtemps tête aux vigoureux paysans bretons, et, en quelques minutes, ils se trouvèrent pris et garrottés.

Deux morts gisaient sur le parquet sanglant de la petite chambre. Le vicomte donna l'ordre d'enfermer, jusqu'à son retour, les prisonniers dans une des caves du château; un factionnaire fut placé à la porte avec ordre de faire feu sur le premier qui tenterait de s'évader.

Dix minutes après, la vieille berline de voyage était attelée.

Il fallut se séparer, car le vicomte restait en France. Hélas! dernière séparation. Deux mois plus tard, il tombait frappé à mort en défendant l'étendard de son roi.

Au moment où elle descendait la première marche du perron, Hortense se sentit retenir par sa robe; elle se retourna et vit Diane à ses pieds dont l'œil plaintif et mourant semblait implorer une caresse.

Elle avait eu la force de la suivre jusque là. Depuis le haut de l'escalier une large traînée de sang marquait la trace de son passage.

Hortense se sentit émue jusqu'au fond du cœur; elle se baissa et mit sa jolie bouche sur le front sanglant du fidèle serviteur.

Diane remua joyeusement la queue et poussa un soupir de satisfaction.

— Il faut l'emmener, dit la jeune fille, peut-être pourrons-nous la guérir : Diane lui lécha les mains en signe de reconnaissance puis elle s'étendit tout de son long et mourut.

M. et M^{lle} Vals de Villers purent heureusement gagner l'Angleterre et échapper à la tourmente révolutionnaire.

A leur rentrée en France, la jeune fille

voulut avoir le portrait du courageux serviteur qui avait trouvé la mort en la défendant; c'est celui qui ornait, il y a une vingtaine d'années, la salle à manger du château d'Aigrefeuille.

Par un heureux hasard, Diane avait, avant sa mort, laissé de la famille, et j'ai l'honneur de posséder en ce moment une des descendantes de notre héroïne.

C'est une belle chienne sous poils bruns avec jabot blanc, peut-être pas si guerrière que son aïeule, mais qui n'en porte pas moins la tête haute et fière et qui s'appelle Diane, comme tous les rejetons de cette grande famille.

A

# MADEMOISELLE SARAH

A

# MADEMOISELLE SARAH

..................

Fut-il jamais douceur de cœur pareille
A voir Sarah dans mes bras sommeiller,
Ses cheveux noirs parfument l'oreiller,
La tête sur son sein j'entends son cœur qui veille.

*
* *

Mais le jour vient et l'aurore vermeille
Effeuille au vent son bouquet printanier,
Le peigne en main, le diamant à l'oreille,
A son miroir Sarah court s'arranger.

UNE

# BONNE FORTUNE

UNE

# BONNE FORTUNE

..............

J'avais, en Bourgogne, une ravissante petite cousine, M$^{lle}$ B. de T.; vous ne pouvez vous imaginer une créature plus adorable. C'était une petite et frêle personne avec yeux noirs de jais, à la taille fine et cambrée, aux dents blanches et aux lèvres roses, mais roses d'un rose de corail à vous faire envie d'avoir toute la journée le loisir de les embrasser.

J'étais jeune, dans la force de l'âge, j'avais vingt-huit ans, sous-lieutenant au

8^me lancier, et depuis huit jours en permission d'un mois.

J'adorais ma petite cousine, et je venais
d'apprendre qu'on allait la marier.

Frémissez, âmes candides et pures, à la
lecture de ce récit : c'est un peu décolleté,
je l'avoue, mais mon excuse est que cela se
voit tous les jours.

J'étais à Paris lorsque je sus la fatale
nouvelle ; prendre le train et arriver à une
lieue du château des Toures où restait ma
cousine fut l'affaire d'un jour. Une fois en
rase campagne et, ne voulant pas me faire
voir, j'entrai dans la cabane d'un bûcheron
et me tint ici jusqu'au soir ; puis la nuit
couvrant la terre de son aile noire, je
me mis en marche dans la direction du
château.

Neuf heures sonnaient lorsque j'y arrivais. Tous étaient en fête. Le fiancé était arrivé, car on devait, le lendemain, signer le contrat. Connaissant les us et coutumes de l'endroit, je me glissai tout doucement par derrière, du côté de la ferme et, par l'escalier de service, je grimpai jusqu'à la chambre de ma petite cousine. Il y avait un cabinet dans lequel je me blottis, puis patiemment j'attendis la fin de la soirée.....

Je commençais à m'endormir lorsque je fus tiré de mon assoupissement par ces mots :

— Adieu ! chère enfant, adieu ! Je reconnus la voix de mon oncle ; il s'en suivit un gros baiser.

— Vous vous souviendrez de ce que je vous ai dit ?

— Oui, mon petit père, répondit ma cousine, mais je ne l'aime pas.

— Bah ! cela viendra, dit mon oncle.

Ici un gros soupir, puis la porte s'ouvrit vivement et se referma.

Une fois mon oncle parti, j'écartai doucement les rideaux de la porte vitrée derrière laquelle je me tenais, puis je regardai.

M$^{lle}$ Blanche parut charmée de n'avoir plus, devant les yeux, le visage de son père. Mais bientôt cette solitude complète, la demi-obscurité qui l'entourait, finirent par agir sur elle à tel point qu'elle fut saisie d'un long tremblement convulsif, et que, se dirigeant vers son prie-dieu, elle y murmura la prière suivante :

— Mon Dieu, pourquoi me marier, vous savez pourtant bien que j'aime mon cousin !

Tout lancier que je l'étais, cette prière me fit courir sur l'épiderme un frisson de bonheur et de volupté.

Elle était si jolie, ma petite cousine.

Ma première idée fut de voler à elle, mon premier mouvement fut de m'élancer.

Mais une certaine crainte me retint cloué derrière ma porte.

J'allais sans doute lui faire peur, elle pouvait crier à l'aide, et nous compromettre tous les deux.

Que décider ?

Fallait-il donc me résigner à demeurer là, sage, prudent, immobile, à trois pas d'elle, sans oser bouger ni dire un mot ?...

Elle resta encore plusieurs minutes à genoux, puis enfin, se relevant, elle vint s'asseoir tout en pleurs sur un grand fauteuil qui garnissait l'un des coins de la chambre.

Etait-elle gentille et mignonne comme cela ! Je ne sais qui me retenait d'aller boire toutes ses larmes.

Comme au bout de quelques minutes elle paraissait plus calme, plus résignée, je me hasardai à tousser légèrement.

Elle se leva vivement, prêta l'oreille, je me montrai, elle recula effrayée, puis, me reconnaissant, elle se mit à rire et me tendit la main.

— Ah ! mon cousin, me dit-elle, que vous êtes donc gentil d'être venu me voir et me consoler !

J'étais en extase.

— Mais, continua-t-elle, mon père m'a dit ce soir que j'aurais demain la visite

d'une personne de connaissance, qu'il fallait me fier à elle, écouter tout ce qu'elle me
dirait et faire tout ce qu'elle me comman-
derait. Cette personne, serait-ce vous, mon
cousin ? Alors tant mieux !

Ma petite cousine me suggérait, à son
insu, une excellente et lumineuse idée.

— C'est moi que mon oncle, votre père, a
désigné pour venir vous parler raison,
répondis-je le plus gravement du monde.

— Eh bien, croyez-moi si vous voulez,
mon cher Robert, me dit-elle, mais j'en suis
fort aise. Asseyez-vous donc et racontez-
moi bien vite ce que vous avez à me dire...
Ne me faites pas trop de peine, hein !...

J'avais oublié de vous dire que ma charmante cousine était excessivement spiri-
tuelle, mais terriblement naïve.

— Ma chère Blanche, lui dis-je, en m'as-
seyant auprès d'elle, mon oncle, si j'ai bien
compris ses intentions, vous a vivement
conseillé de vous en rapporter du soin de
votre avenir à la personne qui viendrait ce
soir, ou demain matin, comme vous me le
disiez tout-à-l'heure, causer avec vous dans
votre chambre ?

— Oui, mon cousin.

— Et votre confiance en mon oncle est-
elle assez forte pour que vous puissiez
consentir, sur cette simple exhortation, à
suivre aveuglement les avis que cette
personne, qui se trouve être moi, croira
devoir vous donner ?...

— Je m'en rapporte à vous, mon cher
cousin, et vous obéirai comme à un ordre
donné par mon père.

— Votre père vous a-t-il nommé la personne avec laquelle on devait vous mettre en rapport ?

— Non.

— Vous a-t-il, ma chère cousine, éclairée sur ce qu'il pouvait arriver qu'on vous demandât ?

— Pas précisément.

— Ah ! il vous a dit quelque chose, mais, que vous a-t-il dit ?

— Il m'a dit... il m'a dit...

— Voyons donc, chère Blanche, lui dis-je en lui pressant la main, il est nécessaire de me mettre un peu sur la voie.

— Eh bien ! mon cousin, dit-elle en me serrant la main, ce qui me fit entrevoir toutes les délices du paradis de Mahomet, il m'a dit que l'homme auquel on s'en remet-

tait du soin de m'éclairer ne me donnerait
des conseils qu'en vue de ma félicité éter-
nelle et qu'en vue de mon avenir.

— De sorte, repris-je après une courte
pause, que vous êtes toute décidée...

— Parbleu, mon cousin, je suis toute
décidée à vous écouter, à m'instruire,
répondit naïvement et ardemment ma jolie
cousine.

Je m'arrêtai encore une fois... une dernière hésitation se déclarait dans mon
esprit. Mais presque aussitôt, une résolution
hardie, irrévocable, succéda à ces indéci-
sions. Tout était clair à mes yeux : l'on
voulait marier ma cousine contre son gré,
je devais, par la force ou la douceur, l'en
empêcher.

L'action suivit de près la pensée ; je forçai

ma petite cousine à se lever, je l'entraînai vers un grand canapé sur lequel je la fis asseoir, puis brusquement je me jetai à ses genoux.

— Que faites-vous ? balbutia-t-elle en me regardant tout étonnée.

— Je vous demande pardon d'avance, chère Blanche, pour tout ce que je vais vous dire.

— Mais c'est tout à fait inutile cela, mon cousin, puisque mon père vous autorise à m'instruire.

C'était le comble de la naïveté.

— Il a eu raison, lui dis-je, mais voyons, chère petite, avez-vous jamais aimé ?..

— Oui ! oh oui ! mon père d'abord, vous ensuite, mon cousin.

Je la regardai silencieusement ; ces

quelques mots m'avaient fait du bien, et, pour l'en récompenser, je collai avec ardeur mes lèvres sur ses jolis doigts.

— Mais quelle sera ma destinée ? me dit-elle.

— Votre destinée, ô ma Blanche adorée, sera celle de toutes les créatures qui vous ressemblent. Vous êtes belle... vous serez fêtée, admirée, désirée partout et par tous... vous êtes bonne, vous serez aimée... vous l'êtes déjà !

— Par qui donc ?

— Mais par moi, ma cousine, qui serai, si vous y consentez, votre mari et votre premier maître dans la science du bonheur.

— Mon Dieu ! Robert, vos paroles me font trembler... et pourtant je n'ai pas peur de vous.

Je me levai et pris place à ses côtés. Un de mes bras s'arrondit autour de sa taille.

— Pourquoi me serrer si fort contre vous ? me dit-elle.

— Pour mieux vous communiquer ma pensée tout entière, ma Blanche bien-aimée.

— Mais votre tête s'appuie sur mon épaule...

— C'est que j'ai à vous dire des choses que je ne puis vous dire que bien bas.

— Cependant, vous ne parlez pas ?

— Je rêve, Blanche, mon cœur bat à me rompre la poitrine, mes yeux y voient comme à travers un épais brouillard. Endors-toi, comme moi, il y a des songes si doux et si enivrants !

— Mais ce n'est pas en dormant que vous

me donnerez les leçons que mon père m'a annoncées de votre part?

— Peut-être ! le sommeil que je vous conseille ne regarde que l'âme, et il est plein de charmantes images et de suaves pensées.

— Mais..... mon cousin !

— Blanche.... Blanche !...

— Ah ! mon Dieu, mais vos lèvres que je sens sur ma joue... vous m'embrassez !...

— Imprudente ! pour m'adresser ce vif reproche, vous avez été obligée de vous tourner vers moi, et voilà vos lèvres qui touchent les miennes à présent. Ce n'est pas ma faute, j'espère ?

Pour toute réponse, ma cousine se prit à rougir, ce qui augmenta sa beauté et me poussa à toutes les extrémités.

— Robert ! dit-elle.

Et sa bouche, en bégayant ce nom, restait collée à la mienne. Ses regards lançaient de longues flammes qui me brûlaient comme des rayons de soleil. Je n'y tins plus. Ma main descendit de sa taille à ses genoux ; l'étoffe moelleuse de sa petite jupe communiqua à tout mon être je ne sais quel fluide brûlant qui faisait tourbillonner les objets dans mon cerveau...

Je perdis la tête...

Ces vaines draperies ne furent plus un obstacle pour moi ; le satin de la robe s'écarta pour faire place à un autre satin, dont les contours marbrés et la fraîcheur de rose eussent défié le sculpteur le plus habile. Ma charmante cousine, fidèle aux recommandations qu'on lui avait répétées, fit preuve, jusqu'au bout, de la soumission la plus parfaite, et j'eus la joie de l'entendre murmurer d'une voix faible :

— Oui, c'est le bonheur ! mon Robert, je t'aime.....

.    .    .    .    .    .    .    .    .    .    .

.    .    .    .    .    .    .    .    .    .    .

Quatre heures après cet événement, bien installés dans un bon coupé de chemin de fer, nous roulions à toute vapeur sur la route de Suisse où nous passâmes quinze grands jours dans la félicité la plus parfaite.

Grand bruit et grand scandale au château, mais, mon père intervenant, deux mois après je fus l'heureux époux de ma chère cousine. Notre union fut une des plus heureuses que l'on puisse rencontrer, et maintenant que, vieux tous les deux, nous tisonnons notre feu et buvons de la tisane, nous pouvons joyeusement dire que nous nous aimons encore.

LA

# FLEUR DE NICE

# FLEUR DE NICE

........................

Petite fleur, en janvier toute éclose,
Tu parfumas le printemps de ma vie,
Tu sus remplir mon âme triste et morose,
Tu lui donnas le réveil de la vie.

\*
\* \*

Sur mon berceau, auprès d'une charmille,
Tu balançais ta tige nonchalante,
Et bien souvent, au milieu d'un babil,
Je t'arrachais d'une main vacillante.

\*
\* \*

Fleur de janvier à Nice toujours éclose,

A mon hymen tu resplendis sur l'autel,

Pour toi du moins la porte ne fut close

Aux chants suaves de la lune de miel.

\* \*<br>\*

Et puis, plus tard, sur ta tige flexible,

Deux enfants blonds se roulaient à l'envi,

Ce doux massacre t'arrachait tes fibres,

Tu te fanais sans reproche et sans bruit.

\* \*<br>\*

Quand courbé par les ans je marche à peine,

J'aime à vous voir çà et là au parterre,

Dans mon fauteuil qu'à trop grand bruit on traîne

Je vous passe en revue, reine de terre.

\* \*<br>\*

De ma main sèche, tremblante et diaphane,

Je vous choisis et cueille les plus belles,

Puis quand les ailes de la triste nuit plane

A mon chevet, je vous vois avec elles.

UNE

# EXÉCUTION MILITAIRE

# EXÉCUTION

## MILITAIRE

Jules de Noissians était sous-lieutenant d'artillerie sous Charles X. Il ne faut pas croire pour cela qu'il fût dévoué à la cause royaliste, régime du moment. Non, mille fois non. Fils d'un vieux général qui avait servi et aimé l'Empire, il était comme son père bonapartiste de cœur, et plus d'un officier de son corps prétendait qu'associé à une secte ténébreuse, il ne tendait qu'à renverser le maître actuel.

Ces bruits faux ou non, voici ce qui lui arriva....

Un soir qu'au sortir du Théâtre-Français il reprenait doucement, et le cigare aux lèvres, le chemin de la rue de Douai où il logeait, il fut brusquement assailli, au détour d'une des rues avoisinant sa demeure, par quatre hommes couverts de longs et épais manteaux. Malgré ses cris et son énergique défense, il fut contraint de céder à la force et fut jeté, lié, déchiré et meurtri, sur les coussins de devant d'une voiture.

— Misérables ! s'écria-t-il en se débattant malgré les liens qui, derrière le dos, lui coupaient les poignets.

— Si vous continuez ce tapage, nous

allons être forcés de vous bâillonner, dit une grosse voix de basse-taille, résonnant dans le véhicule et dans la nuit comme le mauvais hurlement d'une bête fauve.

— Bâillonnez-moi si vous le voulez, ou plutôt, si vous le pouvez, drôles, hurla le sous-lieutenant, tuez-moi : vous ne me réduirez pas au silence.

Il faisait, en disant cela, des efforts inouïs pour se dégager, mais il avait affaire à forte partie, et il ne réussit nullement à se débarrasser de ses liens. Après quelques instants d'une lutte qu'il n'était pas en état de soutenir longtemps, il sentit qu'on lui passait autour des bras et du corps une seconde corde plus forte et plus solide. Son exaspération ne connut plus de bornes, et, ne pouvant plus respirer, il se mit à appeler au secours.

— Vous ne comprenez donc pas que vos cris et vos efforts sont tout à fait inutiles ? reprit la grosse voix de basse-taille. La voiture a des fermetures de bois au lieu de glaces et ces fermetures sont levées ; vous devez, du reste, vous en apercevoir à l'obscurité qui règne ici. Tout à l'heure, au moment de votre arrestation, on aurait pu vous entendre ; maintenant nous sommes loin de chez vous et nous volons en pleine campagne ; il est deux heures du matin, donc pas de promeneurs, vous voyez par cela que vos cris et vos grincements de dents ne peuvent vous être d'aucune utilité. Je vous engage donc à rester tranquille.

— C'est vraiment ce que vous aurez de mieux à faire, répondit une autre voix non moins bourrue.

M. de Noissians fut obligé de reconnaitre
que le conseil était bon, ou du moins que
force lui était d'avoir à le suivre.

On l'avait lié, et lié de façon à le mettre
dans l'impossibilité la plus absolue de se
servir de ses bras. Il lui restait bien la
ressource de donner de vigoureux coups
de pied à ceux qui le tenaient, mais c'eût
été s'exposer à des représailles avilissantes
pour lui, et il se tint coi ; mais, au fond, il
étouffait de colère, et n'était guère en état
de raisonner sur l'étrange et brusque
mésaventure qui lui arrivait.

Dans la prison roulante où on l'avait
enfermé si lestement, l'obscurité était complète. Les panneaux mobiles qui tenaient
lieu de glaces ne laissaient passer aucun
rayon de lumière. Il se trouvait assis ou

plutôt serré sur la banquette de devant
entre deux hommes dont il sentait les
coudes lui entrer dans les côtes et la puissante respiration. Les deux autres avaient
pris place en face de lui et enchevêtré leurs
jambes dans les siennes. Du reste, depuis
que l'un d'eux avait pris la parole pour
morigéner le prisonnier, ces quatre bandits
n'ouvraient plus la bouche.

La voiture, emportée au triple galop de
deux bons chevaux, devait faire un chemin
de tous les diables.

Après dix minutes de secousses et d'accès
de rage, M. de Noissians parvint à re-
prendre un peu de sang-froid, et en profita
aussitôt pour chercher à se rendre compte
de sa situation et tâcher de savoir en quelles
mains il était tombé.

Pourquoi l'arrêtait-on ? et qui l'arrêtait ?

En cherchant une réponse à ces deux graves questions, la première remarque qui vint se présenter à son esprit encore troublé fut que son arrestation avait été préparée à l'avance. C'était stupide, mais le sang-froid manquait encore.

— Je ne suis pas au pouvoir de la police, puisque je n'ai point été arrêté par des agents..... Mais au fait, pourquoi diable ne demanderais-je pas à ces quatre coquins de me dire toute la vérité? Ils m'ont l'air d'assez bons enfants, quoique je ne connaisse pas leurs visages, et n'ont pas, je le suppose, des motifs pour me cacher la cause de mon arrestation.

Et d'une voix calme : — Je renonce à la résistance.

— Vous avez raison, répondit son voisin de droite. En résistant, vous ne feriez que gâter votre affaire qui n'est paraît-il pas déjà si bonne, mon officier.

— Je ne veux pas la gâter, puisque gâter il y a. Où me conduisez-vous ?

— Vous vous en doutez bien ?

— Pas le moins du monde.

— J'en suis fâché, mais ce n'est pas à nous de vous l'apprendre.

— Il faudra bien, tôt ou tard, que je sache de quoi il s'agit ?

— Ce sera tôt, dans une demi-heure nous serons arrivés.

— Sur le terrain ?

— Quel terrain ?

— Dame, je ne sais pas ! Quoique cela soit peu usité de faire enlever ses adversaires, je croyais qu'on l'avait fait pour moi et que j'allais m'offrir un duel de nuit.

— Qui vous le fait croire ?

— J'ai eu une altercation hier matin au cercle, et je m'imaginais.....

L'homme, cette fois, ne répondit pas, et son silence rejeta le prisonnier dans de cruelles incertitudes ; il avait parlé de terrain comme il aurait dit autre chose pour savoir à quoi s'en tenir. Tout à coup, une idée baroque lui traversa l'esprit, idée qu'il ne s'arrêta point à examiner : il s'imagina que ces gens-là étaient tout simplement des voleurs, qui n'en voulaient qu'à son argent, sans réfléchir que les voleurs ne font pas tant de façons pour dépouiller un homme.

— Bon ! dit-il d'un air dégagé, je devine ; vous saviez que ce matin j'avais touché

une forte somme chez mon banquier, et
c'est à ma bourse que vous en voulez? Il
fallait le dire tout de suite, j'aurais pris le
soin de vous satisfaire... il est du reste encore temps.

— Ah! çà, vous nous prenez donc pour
des filous? dit la grosse voix placée sur la
banquette du fond. C'est bien la première
fois que ça nous arrive. Il est vrai qu'on
n'y voit goutte; et il ajouta, en s'adressant
à l'un de ses camarades : Beauclair, mon
ami, tu as ton briquet, fais-nous donc de la
lumière. Le lieutenant verra tout de suite
que nous sommes de braves militaires
obéissant à une consigne.

M. de Noissians marchait de surprise en
surprise, et attendait avec anxiété l'éclai-
rage et l'éclaircissement demandés.

Bientôt, à la lueur blanchâtre d'une allumette, il vit briller le pommeau de cuivre d'un sabre, et le porteur de ce sabre ayant tiré de sa poche et allumé un paquet de cire, vulgairement appelé rat-de-cave, quatre soldats de la gendarmerie apparurent aux yeux étonnés du prisonnier.

Il y en avait un, le voisin de droite, qui portait sur sa manche les galons de brigadier.

Celui-là dit au sous-lieutenant :

— Eh bien, mon lieutenant, avez-vous encore peur que nous vous prenions votre argent ?

Il n'y avait plus à chercher, et toutes les suppositions hasardées auxquelles l'officier venait de se laisser aller tombaient d'elles-mêmes.

Il était bien arrêté par ordre du Gouvernement.

Ceux qui l'avaient empoigné étaient en uniforme et possédaient d'ailleurs des figures de gendarmes, de bonnes figures placides, honnêtes et indifférentes.

Le brigadier avait l'air plus intelligent que ses soldats, et il paraissait assez disposé à rire un brin.

— Je vois bien qui vous êtes, dit le sous-lieutenant, mais je ne puis comprendre ce que vous faites en ce moment.

— C'est pourtant bien simple. Nous vous accompagnons afin de vous empêcher de vous évader.

— Bon ! mais pourquoi m'avez-vous arrêté ?

— Parce que j'en ai reçu l'ordre.

— De qui ?

— De la Place ; tenez, c'est signé.

En disant cela, le brigadier exhibait et mettait sous les yeux du prisonnier un ordre d'arrestation bien et dûment en règle.

— Soit, dit M. de Noissians après avoir lu, vous êtes en règle, et si vous aviez commencé par me montrer ce mandat, je vous aurais suivi sans aucune résistance. Mais vous avez d'étranges procédés pour mettre la main sur les gens qu'on vous charge d'arrêter ; et je vous déclare que je m'en plaindrai à votre chef... car c'est probablement chez lui que vous me conduisez ?

— Vous le verrez bien tout à l'heure, mon lieutenant, répondit le brigadier d'un air un peu triste, et, pour ce qui est de nos procédés, mes instructions portaient que je devais, avant tout, éviter le tapage dans la rue. Vous dites que vous m'auriez suivi, cela ne m'est pas prouvé... car enfin, quand on ne s'attend pas à être empoigné et qu'on vous prend au collet au moment où l'on rentre chez soi... ça vous met de mauvaise humeur, le monde s'amasse, tandis qu'un enlèvement ça va tout seul, vous ne trouvez pas, mon officier ?

— Je vous suis en effet fort obligé, répondit le sous-lieutenant, mais est-ce aussi pour mon bien que vous m'avez lié comme un véritable et vénérable saucisson de Lyon ?

— Dès que nous serons arrivés, on vous déliera.

Ces derniers mots surprirent M. de Noissians, mais il n'en demanda pas l'explication, sentant bien que les gendarmes refuseraient de la lui donner.

— Un mot encore, dit-il, je suis militaire : pourquoi ne pas m'avoir fait demander à la Place, où l'on m'aurait consigné sur parole comme le cas s'est déjà présenté si souvent ?

— Je ne sais pas : l'on m'a dit de vous arrêter, je vous arrête.

Et après avoir fait cette majestueuse réponse, le brigadier intima l'ordre à son inférieur d'avoir à souffler le rat-de-cave. M. de Noissians ne dit plus mot et se renferma dans ses réflexions.

Tout à coup la voiture s'arrêta, la portière s'ouvrit violemment, et un adjudant s'y présenta suivi d'un fantassin porteur d'une lanterne.

— Faites descendre le prisonnier ! commanda-t-il.

Le brigadier délia les cordes, et le sous-lieutenant put mettre pied à terre. Un piquet de soldats d'infanterie formait la haie devant la voiture.

— Veuillez descendre et me suivre, dit l'adjudant.

M. de Noissians descendit de voiture et, suivant l'adjudant, traversa un long et obscur corridor, puis entra dans une vaste salle dont une des extrémités était masquée par une estrade et de l'autre par des bancs de bois disposés en amphithéâtre.

Cette estrade et ces bancs étaient vides. Seulement l'estrade portait une table en fer à cheval et cinq fauteuils.

Une lampe suspendue au plafond et quatre flambeaux placés sur la table jetaient de faibles lueurs qui perçaient à peine l'obscurité répandue dans ce local très vaste et très élevé.

Le brigadier apporta une chaise au pied de l'estrade et fit signe au prisonnier de vouloir bien s'y asseoir.

Les soldats d'escorte entrèrent et s'alignèrent contre les murs, puis la porte se referma, et l'adjudant se plaça devant la porte.

M. de Noissians croyait être le jouet d'un rêve.

Le lieu où on l'avait conduit, l'appareil qu'on déployait devant lui, les précautions prises pour le garder, tout cela sentait à plein nez la haute justice militaire.

— Je vais comparaître devant un conseil
militaire, se dit-il, mais comment se fait-il
que l'on me juge sans m'avoir interrogé
auparavant?

Il prit place sur la sellette et attendit.

Il n'attendit pas longtemps.

Une porte s'ouvrit en face de lui.... Le
chef du peloton commanda :

— Portez armes ! Présentez armes !

Cinq officiers, en grande tenue, entrèrent
par cette porte, s'avancèrent vers l'estrade,
après en avoir gravi les marches, ils en
occupèrent les cinq fauteuils préparés pour
les recevoir. Cinq juges, évidemment, ou
plutôt quatre juges et un président, car l'un
d'eux s'assit au milieu, sur un siége plus
élevé que les autres. Ce dernier portait
l'uniforme et les grosses épaulettes blan-

ches de colonel de gendarmerie. A sa droite se placèrent un chef d'escadron de chasseurs à cheval et un capitaine de cuirassiers; à sa gauche, deux officiers de gendarmerie.

Tous avaient le hausse-col, l'épée au côté et la croix de Saint-Louis sur la poitrine.

Aussitôt les membres du Conseil assis, l'on entendit de nouveau le commandement grave de l'adjudant :

— Portez armes! Reposez armes! En place repos !

— Je suis devant un Conseil de guerre, se dit le sous-lieutenant; puis, cette réflexion faite, il se livra à un examen scrupuleux de sa conscience qui, après trois minutes de recherches, ne lui fit que trop deviner qu'il était perdu.

10

Il fut brusquement interrompu par ces mots glacials :

— Accusé, levez-vous !

L'officier se leva et, se croisant les bras, jeta un regard de défi sur l'estrade où trônaient ses juges.

— Accusé de quoi ? dit-il.

— De complot contre la sûreté de l'Etat, et contre le Roi, votre maître.

— Rien que cela ? répondit M. de Noissians avec ironie.

— Votre nom ? répliqua le président.

— Il est inutile de me le demander ; puisque vous m'avez fait arrêter, vous savez fort bien que je m'appelle le vicomte Jules de Noissians, et que je suis lieutenant au 3$^{me}$ régiment du Royal-artillerie.

— Un poste honorable, que vous avez

conquis par le travail, et que pourtant vous n'auriez jamais dû conserver.

— Pourquoi ?

— Vous osez me le demander ? Parce que l'armée ne doit pas avoir de conspirateurs dans son sein.

— Je ne suis pas un conspirateur.

— Si vous ne conspirez pas ouvertement, vous pensez du moins, ainsi que vos pareils, à renverser le maître actuel.

— Dieu lui-même nous défend-il de penser ? reprit avec calme le sous-lieutenant. Mais au fait, puisque vous êtes persuadés que je conspire, pourquoi m'interrogez-vous ? Vous avez sous vos ordres, et à votre entière disposition, des hommes et des armes, un coin de mur est bien vite trouvé : faites-moi donc fusiller et que tout soit fini.

— Si nous vous interrogeons, répondit le colonel, c'est à seule fin de connaître vos complices.

Malgré l'appareil imposant de justice, à cette question le lieutenant éclata de rire.

— Mes complices, dit-il, mais de quels complices voulez-vous donc parler ?

— Vos complices, des conspirateurs comme vous, qui se cachent dans l'ombre pour renverser le pouvoir, au lieu de venir l'affronter au grand jour.

— Des complices, je n'en ai pas, mais vos questions me font aisément deviner que l'on veut se débarrasser de moi parce que je ne suis pas royaliste ; ce qu'il vous faut à vous et à votre maître, c'est non pas des soldats intelligents et libres de leurs pensées, mais des brutes obéissant au doigt et à l'œil, changeant de maître comme de chemise, faisant, en un mot, le métier de girouette, et devant régler leurs opinions personnelles sur les opinions des chefs du pouvoir. Merci ! vous pourrez dire que je ne me chauffe pas de ce bois-là. Tout en remplissant bien mes devoirs de soldat, je veux avoir la permission de me rappeler surtout que mon père et mon grand-père sont morts sur les champs de bataille pour la France, et au service de Napoléon I$^{er}$. Maintenant, faites de moi ce que vous voudrez ; mais l'histoire dira plus tard que, sous Charles X comme sous la Terreur et sous Marat, l'on abattait les têtes d'hommes sans jugement ni défenseur ; l'histoire parlera du roi assassin qui, au mépris des lois, faisait égorger ses soldats au fond des cabanons de Vincennes.... J'ai dit !

— C'est bien, dit le président en se levant vivement ; et sous le poids d'une profonde agitation : Emmenez l'accusé, dit-il.

Ce dernier se leva et suivit l'adjudant chargé de le conduire dans une des vastes cours de la vieille forteresse.

Cet adjudant était un vieux troupier, qui avait la mine d'avoir servi l'Empereur et dont la figure sympathique attirait de prime abord.

— Où me conduisez-vous ? lui demanda l'officier.

— Ma foi ! mon lieutenant, j'aime autant ne pas vous le dire.

— Très bien, je comprends, on va me fusiller ?

— Oh ! peut-être non, il faut voir l'arrêt du jugement.

— C'est inutile, je le connais d'avance. Combien ai-je de temps ?

— Cinq minutes, tout au plus, mon lieutenant.

En ce moment le prisonnier arriva sur les hauteurs de la forteresse... Les juges s'y trouvaient déjà, et à côté d'eux trônait le greffier, le jugement en mains. L'on fit ranger le prisonnier en face du peloton d'exécution, et après avoir fait présenter les armes aux soldats, le greffier entama la lecture du jugement : « En vertu du jugement prononcé (suivait la date) par la commission militaire siégeant à Vincennes... »

M. de Noissians n'écoutait plus, il pensait à la famille absente, à la mort qui l'atteignait brusquement au début de la vie, et aussi tâchait de se réconcilier avec Dieu puisqu'il était seul à penser à la justice suprême, et qu'aucun prêtre n'était venu l'assister.

Quel est l'aumônier qui aurait voulu partager le poids énorme de cet horrible assassinat ?

M.de Noissians n'entendit que les quatre derniers mots : «... passé par les armes. » A ce moment l'adjudant, se détachant du groupe, vint le prévenir que les formalités étaient remplies, qu'il n'avait aucune grâce à attendre, et en même temps lui demandait bien bas, et les larmes aux yeux, s'il n'avait pas quelques recommandations à faire avant de mourir.

Détachant alors un médaillon qu'il avait

au cou, il le tendit au sous-officier en
disant : « A ma mère ! » Puis, se redressant,
il demanda qu'on lui permit de commander
le feu et de mourir debout et les yeux non
bandés.

Cette faveur lui fut accordée.

Des torches portées par des soldats d'infanterie éclairaient cette lugubre scène...

— Portez armes ! prononça lentement
le jeune sous-lieutenant. Présentez armes !... Joue !... Feu !...

... Une furieuse détonation fit trembler
les vieux murs du fort et réveilla les pai-
sibles habitants logés aux alentours de la
forteresse.

La justice de Sa Majesté Charles X était
rendue.

MONACO

# MONACO

......................

Monaco, rocher abrupt et site perdu,
Roche granitique baignée par des eaux limpides,
La Méditerranée, dans ta base tordue,
Enfanta souvent des matelots intrépides.

Abordant le rivage,
Je viens, brillant troubadour,
Chanter ce lieu sauvage,
Ses gais et charmants détours.

*
* *

Jadis Monaco, par de puissants chevaliers,
Se trouvait défendu contre ses oppresseurs,
Les seigneurs Grimaldi, derrière leurs canonniers,
Auraient défié, du monde, les terribles fureurs.

> Abordant le rivage,
> Je viens, brillant troubadour,
> Chanter ce lieu sauvage,
> Ses gais et charmants détours.

★
★ ★

Maintenant des jardins, ombrages verdoyants,
Ont remplacé, pour toujours, ses plus hauts créneaux,
L'on n'aperçoit plus de chevaliers guerroyants
Couverts de noires armures auprès des fauconneaux.

> Abordant le rivage,
> Je viens, brillant troubadour,
> Chanter ce lieu sauvage,
> Ses gais et charmants détours.

★
★ ★

Des quatre coins du monde, l'heureux voyageur
Accourt respirer l'air du nouveau paradis
Qui offre aux visiteurs quelquefois le bonheur
De gagner des tonnes d'or, aux hasards du tapis.

    Abordant le rivage,
    Je viens, brillant troubadour,
    Chanter ce lieu sauvage,
    Ses gais et charmants détours.

UNE

# CHASSE AU LION

## EN ALGÉRIE

# CHASSE AU LION

## EN ALGÉRIE

Si le goût des voyages vous tente, cher lecteur, prenez le chemin de fer, et faites-vous transporter à Marseille.

Si vous ne connaissez pas l'ancienne cité phocéenne, passez-y deux jours; et, accompagné d'un guide aussi fidèle qu'intelligent, vous serez bientôt au courant de tout ce que l'antique Messalie renferme d'agréable à l'œil d'un voyageur.

Au bout de ce temps, prenez le transport de l'Algérie; vous y trouverez tout le confortable possible, et, après deux jours de traversée ordinairement fort peu accidentés, vous aurez le plaisir d'apercevoir Alger.

Vrai petit Paris par excellence, ressemblant de loin à une carrière de plâtre, à cause de ses constructions blanches et de l'innombrable quantité de mosquées qui se trouvent placées au milieu de toutes ses rues alignées avec symétrie et de ses maisons sans toitures.

Autre genre d'agrément, car vous pouvez, s'il vous en prend la fantaisie, visiter la ville, de rue en rue, en passant de toit en toit.

Le panorama d'Alger se prend des terrasses de la Kasbah.

Les yeux se reposent sur les maisons de la ville, dont les masses blanches et irrégulièrement accidentées descendent en pente rapide jusqu'à la marine et viennent se terminer au môle et au triple rang de redoutes qui défendent les approches du port.

L'œil, parcourant alors un horizon plus vaste, embrasse à la fois les hauteurs du Boudjarcal et du fort des Anglais, jusqu'au Cap Matifoux, où se termine la baie qui sert de limite, du côté de la mer, à la plaine de la Métidjah.

Deux grandes rues « Bab-Azoun et Bab-el-Oued » traversent la ville, du nord au sud, sur une longueur de neuf cent quarante mètres, et se joignent sur la place du Gouvernement, située au milieu d'un grand boulevard longeant le port, depuis le fort Bab-Azoun jusqu'à l'extrémité du môle.

Maintenant, si vous voulez bien me le permettre, quittons Alger et ses environs, qui sont charmants, et suivez-moi au fond de la Kabylie.

Je vous ai peut-être ennuyé avec mes descriptions, mais finissez de bâiller et laissez-moi commencer.

En l'année 18..., après avoir exploré la Kabylie de fond en comble, je me disposai à entrer à Alger et partir de là pour la province d'Oran où quelques amis d'enfance m'attendaient.

Ayant donc fait mes préparatifs de voyage, je m'acheminai par petites journées et m'arrêtai de village en village, lorsqu'en arrivant à C***, j'y vis toute la population en mouvement.

Ne sachant à quoi attribuer un pareil tumulte, j'envoyai mon domestique en quête et j'eus bientôt toutes les peines du monde à retenir ma joie, quand mon fidèle Jacques m'annonça qu'un lion énorme avait fait irruption sur le territoire et avait, en deux nuits, dévoré deux bœufs et bon nombre de moutons et brebis.

Le Caïd avait donc rassemblé ses hommes, et l'on s'attendait pour le lendemain à une battue générale dans le pays.

Ma décision fut prise en un instant.

Chasseur déterminé, et n'ayant jamais vu le lion face à face, je me décidai à prendre mon campement au milieu des Arabes plus ou moins hospitaliers de cette tribu et à m'unir à eux pour courir les chances de la chasse du lendemain.

Comme le soleil était à son déclin, je m'étendis mollement sur une peau de panthère et, une journée de marche aidant, je fus bientôt plongé dans un profond sommeil.

Le chant du coq venait à peine de retentir que Jacques vint m'annoncer que le Caïd m'attendait ; il m'avertissait en même temps que je n'avais besoin de m'occuper de rien.

En effet, après m'être levé et avoir pris mes armes, je sortis de ma tente et, à ma grande surprise, je vis un cheval richement caparaçonné n'attendant plus que moi pour prendre son élan au milieu de la troupe, composée d'une vingtaine d'individus commandés par le Caïd en personne.

Je fus frappé de l'étrangeté des costumes que je voyais se dérouler devant moi : jamais rien de pareil et de plus riche ne s'était offert à mes yeux. Habitué à voir les Arabes des villes grouiller à mes pieds, comme autant de crapauds immondes, tellement est malpropre l'accoutrement de ces êtres à moitié civilisés, j'avais toujours eu, de la race algérienne, une opinion qui, certes, ne péchait pas par la bienveillance.

Je fus donc étonné du tableau vraiment séduisant qui s'offrait à mes yeux : partout n'étaient que banderoles, turbans et riches costumes, le tout porté avec grâce par des hommes cuivrés, aux natures robustes, au port majestueux, n'attendant qu'un mot, qu'un signe de leur chef pour se lancer dans une expédition, un danger quelconque.

Après avoir visité les armes, et une fois que le Caïd eut adressé quelques mots à ses hommes, nous nous mîmes en marche.

Les vieillards et les enfants de la tribu nous suivirent l'espace d'un mille, en faisant retentir l'air de vigoureux accords de tam-tam et d'une espèce de flûte faite d'un bout de roseau.

Le tout, mêlé ensemble, produisait un bruit discordant à faire frémir d'horreur des oreilles quelque peu musiciennes.

A midi, nous arrivâmes sans accident digne de remarque aux abords d'une petite bourgade qui, en apprenant le but de notre expédition, nous reçut de son mieux.

Le couscous, le mouton rôti entier et le

café, tout nous fut servi avec abondance, et quelques cavaliers ayant demandé l'autorisation de se joindre à nous, proposition qui fut acceptée avec joie, nous repartîmes immédiatement.

Après avoir marché le reste de la journée sans avoir rien rencontré, et comme nous allions choisir notre campement, un petit négrillon d'une douzaine d'années vint nous affirmer que tous les soirs, vers onze heures, un lion de haute taille, suivi de sa compagne, venait boire dans un ruisseau encaissé au milieu des rochers et à peu de distance de l'endroit où nous nous trouvions.

Notre résolution fut bientôt prise; nul doute que ce ne fût là le roi du désert que nous poursuivions depuis deux jours.

Les préparatifs du campement furent bientôt faits, et, après avoir consulté le Caïd, j'attendis avec impatience le moment tant désiré de voir enfin, face à face, cet ennemi si redoutable à l'homme et en même temps si craint des autres animaux peuplant les plaines africaines.

Vers dix heures du soir, et par un temps très sombre, nous nous acheminâmes lentement vers l'endroit désigné, que nous avions eu soin de faire reconnaître à l'avance.

Au bout d'une vingtaine de minutes, et après avoir marché avec précaution, nous arrivâmes à l'endroit indiqué.

Les postes furent désignés, et l'on nous enjoignit de ne tirer qu'à coup sûr.

Je n'ai jamais eu peur...

Je n'ai jamais reculé devant aucun danger, et cependant ma carabine tremblait dans mes mains ! mon sang s'était figé dans mes veines.

Etait-ce l'appréhension ? était-ce la peur ? Je ne sais quel sentiment s'était emparé de moi.

J'étais seul, isolé de mes compagnons de chasse ; l'on m'avait donné un poste de confiance, et j'écoutais haletant le moindre bruit.

Celui qui n'est pas passé par une émotion de ce genre ne peut se rendre compte, même en imagination, de ce que l'on éprouve dans une situation pareille.

J'étais donc plongé dans mes réflexions, quand tout à coup j'entendis, à vingt pas au-dessus de moi, un long rugissement qui fit sur moi l'effet d'un coup de tonnerre et fut répercuté d'échos en échos, et alla se perdre enfin dans les profondeurs de la forêt.

Un frémissement nerveux parcourut tout mon être, je mis immédiatement un genou en terre, j'assujettis ma carabine entre mes mains et me tins prêt à faire de mon mieux pour le salut commun.

Tout était rentré dans le calme; on entendait le murmure lointain du ruisseau qui semblait attirer son royal buveur.

Cinq ou six minutes s'étaient à peine écoulées, qu'un froissement de broussailles à ma gauche vint me confirmer que l'animal se dirigeait de mon côté.

Je n'eus bientôt plus de doute à ce sujet, car je vis reluire, à travers les branches épaisses et fournies d'un laurier rose, deux yeux ardents et immobiles.

Sans doute il avait flairé le danger et craignait de s'aventurer plus avant.

A moi donc était réservé ce beau coup de maître, et je remerciai saint Hubert, mon patron, d'une aussi magnifique aubaine.

Je n'avais pas un moment à perdre, ajuster l'animal et faire feu, ne fut pour moi que l'affaire d'une seconde.

Seconde terrible ! car il fallait ne manquer ni d'adresse ni de sang-froid. J'ajustai donc avec précision, je pressai la détente.

A peine l'explosion de ma carabine s'était-elle fait entendre, que je roulais renversé par un bloc immense et velu.

Je crus, à cet instant, voir ma dernière heure arrivée.

Le lion, que dans un faux mouvement j'avais eu la maladresse de manquer, me labourait les flancs avec ses griffes énormes et me coupait la respiration. Sentant mes forces s'épuiser, je tentai un dernier et suprême effort qui réussit à me dégager la poitrine de l'étreinte de mon adversaire.

Mais, épuisé par ce retour de force, je retombai en arrière et je m'évanouis.

Quand je revins à moi, j'étais couché sous de frais ombrages, à côté du ruisseau qui avait été le théâtre de ma lutte.

J'étais entouré par quelques Arabes, et auprès de moi se tenait le Caïd épiant mes moindres mouvements.

Un soupir de satisfaction se fit jour sur toutes les figures bronzées : à mon retour à la vie, le Caïd me tendit la main.

Après avoir constaté que je n'avais aucune blessure grave, mais seulement une légère oppression, résultat du poids énorme que j'avais supporté pendant quelques minutes, je demandai au Caïd ce qu'il était advenu pendant mon évanouissement.

Au moment où je tombais et au bruit de la détonation de ma carabine, les Arabes étaient accourus et avaient assisté à la déconvenue que ma mauvaise étoile m'avait envoyée.

En un clin d'œil, le Caïd avait fait ranger ses hommes et un feu de peloton bien nourri m'avait délivré de mon terrible fardeau.

Je demandai ce que l'on avait fait de notre royal adversaire et, m'aidant sur les bras vigoureux de deux Arabes, je me fis

12

conduire au lieu même où s'était passé le combat.

Jamais je ne vis, depuis, un lion d'une telle prestance, il était magnifique et faisait depuis longtemps la terreur de la contrée.

Après avoir passé la nuit assez tranquille, je me trouvai beaucoup mieux et pus le lendemain me mettre à la poursuite de la lionne qui rôdait dans les environs.

Nous marchâmes toute la journée sans résultat et nous commencions à désespérer, lorsque nous vîmes accourir un de nos hommes d'escorte qui nous annonçait qu'il avait vu la lionne dans un petit bois situé à notre extrême gauche.

Nous nous dirigeâmes de ce côté, et nous fîmes halte, un peu avant d'y arriver, dans une vaste clairière.

Il est bien entendu, nous dit le Caïd, que seul je commande, que seul je dois être obéi, sans cela pas un de nous, peut-être, ne reverra sa tribu.

L'ennemi n'est pas loin. Là les chevaux; ici, sur un seul rang, que quatre hommes restent derrière pour charger les armes; moi, à votre front, et quelque danger que vous me voyiez courir, ne venez pas à mon secours; restez unis, coude à coude, ou vous êtes morts !

Silence, j'ai entendu... et puis voyez nos chevaux.

En effet, au cri lointain qui venait de retentir, les chevaux s'étaient blottis les uns contre les autres, mais la tête au centre, pour ne pas voir le danger qui venait les chercher.

Un second cri plus rapproché se fit bientôt entendre.

Le Caïd était admirable de sang-froid et d'énergie.

La lionne venait de déboucher du bois; à notre aspect, elle s'arrêta, puis s'approcha à pas lents, sembla réfléchir, se battit les flancs à plusieurs reprises avec sa queue et se coucha.

Le Caïd fit deux pas en avant.

La lionne se leva et l'imita, puis après s'être concertée, elle continua de s'acheminer vers nous.

Visez bien, nous cria le Caïd, à mon commandement de trois : Feu!... Attention.

Nous suivîmes ponctuellement les ordres donnés; une décharge générale eut lieu, la lionne fit un bond terrible, presque sur place; elle était splendide et en même temps effrayante à voir ainsi : le poil hérissé, la langue pendante, les yeux fixes, elle avait l'air de chercher une proie sur laquelle elle pût exhaler sa colère.

Pas un de nous ne soufflait mot; pas un de nous ne perdait de vue le redoutable adversaire qui en avait dix-sept à combattre.

Son sang coulait en abondance et rougissait la terre autour d'elle.

Allons! Allons! nous cria le Caïd, une nouvelle décharge, et que tout soit dit.

Nous nous disposions à faire feu, mais nous fûmes forcés de nous arrêter, car un spectacle horrible venait de s'offrir à nos yeux.

La lionne, lassée d'attendre, s'était décidée à attaquer et d'un bond terrible avait
franchi le court espace qui nous séparait
d'elle.

Sauter au milieu de nous et emporter un
Arabe, fut pour elle l'affaire d'une seconde.
Le malheureux fut traîné à dix pas de là.

Êtes-vous prêts, dit le Caïd; et ayant
reçu nos réponses : Feu! alors, et feu
partout! nous cria-t-il.

La lionne tomba, mais se releva presque
au même instant; elle passait et repassait
sur l'Arabe comme fait un chat jouant avec
une souris.

Le Caïd s'approcha seul et, à bout
portant, déchargea son revolver dans
l'oreille du monstre.

Celle-ci poussa un horrible gémissement,

ouvrit sa gueule ensanglantée et fit cra-
quer sous ses griffes puissantes la poitrine
de l'Arabe.

Quelques minutes après, deux cadavres
gisaient l'un sur l'autre.

J'étais resté pétrifié, anéanti; je n'avais
jamais rien vu de plus horrible que la
terrible scène qui venait de se dérouler à
mes yeux.

Un peu remis de toutes ces émotions,
j'allai serrer la main du chef, que je remerciai vivement du spectacle qu'il m'avait
procuré en me faisant assister à une chasse
aussi bien conduite.

Je m'estime heureux, me répondit-il, de
vous avoir été agréable et surtout de
n'avoir à regretter qu'un homme.

Ayant fait charger les dépouilles si

précieuses pour nous et après nous être restaurés, nous fîmes nos préparatifs de départ et nous nous dirigeâmes vers le village de C***, notre point de départ.

Après une journée de marche un peu fatigante, nous arrivâmes enfin à destination.

Les femmes, les vieillards et les enfants étaient venus à notre rencontre et les questions commencèrent à pleuvoir de töus côtés.

Aussitôt que le résultat de notre expédition fut connu, c'est à qui viendrait nous fêter et nous demander le récit de notre chasse.

Je laissai ces braves gens se divertir à leur aise, et après avoir fait déposer mon mince bagage sur la selle de mon modeste coursier et avoir donné force poignées de mains, je m'acheminai lentement suivi de mon domestique vers Alger où, au bout d'une huitaine de jours passés sans accidents dignes de remarque, je fis mon entrée et tombai dans les bras de plusieurs de mes camarades.

Après être resté quelque temps à goûter les douceurs d'un bon lit et d'une bonne table, je pris congé définitif de mes amis de rencontre.

Quelques jours plus tard, j'étais à Oran et j'avais, huit jours après, le bonheur d'apercevoir du haut de la dunette du *Sinaï*, les côtes de France tant désirées, que je revoyais après six années d'absence.

# INFIDÈLE

# INFIDÈLE

......................

Souvent je t'avais dit que le cœur de la femme
Etait un papillon léger qui, sans amour,
Volant de fleur en fleur, et sans fixer son âme
Sur chacune prenait un baiser tout le jour.

★<br>★ ★

Souvent je t'avais dit que le cœur de la femme
Se vendait à l'encan et que pour l'acquérir
Il fallait mettre un prix à son amour infâme
Qu'au plus cher des affronts elles venaient s'offrir.

★<br>★ ★

Je doutais... Eugène mon amant, vois l'étoile
Qui brille au ciel serein, alors me disais-tu,
Vois son brillant éclat n'est terni d'aucun voile,
Tel sera mon amour... et moi je me suis tû.

* * *

Vois, continuais-tu, cette rose pourprée,
Elle a du sang vermeil l'éclatante couleur,
Tel sera mon amour... et joyeuse égarée
Tu ne t'aperçus pas que je versais des pleurs.

* * *

Car parfois au milieu d'une nuit calme et pure
Un noir nuage vient amené par le vent,
Il couvre tout le ciel de sa vaste envergure
Et sur lui disparaît l'astre dans le néant.

* * *

Car comme une mère dure et dénaturée

La nature flétrit la rose et cette fleur

Eclose le matin, le soir gît effeuillée.

Telle était ta promesse et tel fut mon bonheur.

# VOYAGE DE NOCE

# VOYAGE DE NOCE

...............

J'avais décidé que décidément je ne
prendrais jamais femme ; mais Dieu, dans
sa haute sagesse, en avait jugé autrement,
car étant allé faire un petit voyage d'excur-
sion dans un pays du centre de la France
où, aussitôt mon arrivée, je fus tout à coup
ravi, saisi, capturé et marié en un tour de
main, le tout n'avait pas demandé quinze
jours, je fus donc, sans avoir le temps
de me retourner, le mari bienheureux de

celle qui s'appelle aujourd'hui Ernestine-Pauline-Virginie Durand de la Durandière.

Ce mariage avait été conclu si rapidement, que je dus créditer ma fiancée des qualités qu'elle n'avait pas eu le temps, pendant mon séjour auprès d'elle, de faire paraître au grand jour, et fermer les yeux sur beaucoup de défauts qui, malheureusement, n'avaient pas pu m'échapper.

J'appris bien vite, à mon détriment, à estimer les trop grandes imperfections de la chère madame de la Durandière.

Vous raconterai-je mon mariage ?

— Oui.

— Non.

Vous avez commencé par dire oui, lecteur, je vais tâcher de me souvenir de cette grande cérémonie de manière à pouvoir vous la narrer tout au long.

Comme la noce avait lieu dans un village, puisque le père de ma future possédait un magnifique château, le maire vint lui-même nous unir. C'était un brave paysan qui passa la moitié de la lecture du Code et termina brusquement avec les formalités, tellement il était pressé de retourner chez lui où une vache se trouvait en mal d'enfant. Heureux présage ! Le mariage civil terminé, nous montâmes chacun dans les voitures qui nous avaient été désignées, et en avant pour l'église.

Mon beau-père avait bien fait les choses. En arrivant nous pûmes nous arrêter sur le vaste tapis rouge qui courait le long de l'escalier. Le grand orgue faisait entendre

une marche triomphale, des centaines de
visages souriants se tournaient vers moi,
et tout au fond, en face du maître-autel,
deux grands fauteuils de chêne nous attendaient pour nous asseoir devant Dieu.

A mesure que nous montions, les têtes
s'inclinaient, et tous les vieux paysans sou-
riaient en voyant passer la mariée. Arrivé
à mon fauteuil, je me rangeai laissant
passer ma gentille petite femme future qui
se jeta confuse sur un prie-Dieu. J'en fis
autant, mais pas confus du tout.

A ce moment l'orgue cessa ses chants de
triomphe, et j'entendis derrière moi les
sanglots de ma belle-mère. Quoi qu'en di-
sent quelquefois des gendres sans cœur, ces
sanglots ne ressemblaient nullement à des
larmes de crocodile. Le discours du brave

curé qui nous maria fut un chef-d'œuvre de patois, discours dans lequel je ne compris pas un mot.

Mon oui fut sonore; celui de ma fiancée léger, contenu et suave. La messe finie, nous allâmes à la sacristie où nous fûmes forcés d'accepter les poignées de mains des parents, des paysans et des indifférents qui étaient venus assister au mariage de la fille du châtelain.

Le jour même de notre union et aussitôt le déjeuner, ayant l'intention, comme tout le monde, de faire un voyage de noce (habitude absurde à mon point de vue), nous louâmes deux places dans un des coupés du train partant de Nantes à destination de Nice, où nous devions, dans une jolie petite villa située sur la promenade des Anglais, passer tranquillement, loin du monde, notre lune de miel qui m'apparaissait délicieuse à l'horizon.

Heureusement pour nous, quand nous montâmes dans le train, il n'y avait pas d'autres voyageurs ; aussi nous trouvâmes-nous aussi libres que si nous avions loué le coupé tout entier.

Ma petite femme était charmante !

La tête entourée d'une grande mantille blanche à l'espagnole lui donnait un air tout à fait mutin; ses petites lèvres laissaient entrevoir, lorsqu'elle souriait, une double rangée de perles d'une blancheur éblouissante, et telle était l'ardeur de ma folle mais méritée passion que, profitant de ce que nous étions seuls, je pris la liberté de dérober à ma compagne un gros baiser, action dont ses beaux yeux noirs de gazelle ne semblèrent point irrités.

Encouragé par cette facile victoire, je relevai, et tout en tremblant, la fine mantille espagnole et j'osai passer délicatement mes doigts dans les boucles brunes et soyeuses de ses longs cheveux. Je fus arrêté net par ces mots dits d'une voix passablement irritée :

— Pardon, mon cher ami, mais je crois que vous allez me décoiffer.

— Mais, mon cher bijou bien-aimé, répliquai-je en jouant toujours avec sa chevelure, votre main de fée n'enroulerait pas plus artistement une boucle que la mienne, et j'ai même l'intention chaque soir, au milieu de votre déshabillé et assis devant

votre glace, de vous poser moi-même les
petites papillotes qui doivent si bien aller
à votre charmant petit minois.

— Monsieur de la Durandière, reprit ma
petite femme en se retournant tout en colère, je vous prie de laisser à l'avenir mes
cheveux tranquilles et de vous dispenser,
quant au présent, de me faire des compli-
ments saugrenus que je ne saurais tolérer.

Cette fois, cela était dit sur un ton qui me
dispensait de répliquer ; mais comme de
mon naturel je suis très remuant et qu'il
faut que j'aie toujours quelque chose dans
les mains, je cherchai des yeux sur la divine
personne de ma charmante femme ce qui
pourrait bien me servir de hochet.

Je suis un véritable enfant !

Sur la banquette, entre ma femme et

moi, était posé un de ces élégants petits pa-
niers en osier noir et blanc dans lesquels
les voyageuses, trop délicates pour s'asseoir à la table commune, ont l'habitude de
placer de petites provisions de bouche
telles que : pain d'épice et biscuits, vo-
laille et saucisson. Soulevant donc délicatement le couvercle du panier, je glissai
la main sous le journal qui en recouvrait
soigneusement le contenu.

— Qu'est-ce que cela, ma petite chérie ?
m'écriai-je en voyant apparaître le goulot
d'une fine bouteille légèrement bouchée
qui me faisait l'effet de loin (je crois qu'en
ce moment j'étais méchant), d'un fin cara-
fon de rhum ou d'eau-de-vie.

Ma femme buvant de l'eau-de-vie! cela
n'était pas possible; aussi mon esprit

s'exaltant, je répétai cette fois ma demande à haute et intelligible voix.

— Oh ! que vous êtes ennuyeux, mon
cher, de toucher à tout comme un véritable
enfant. Cette fiole ne contient qu'un peu
d'eau de Cologne ! et prenant vivement la
corbeille, elle la replaça de l'autre côté de
la banquette.

Pendant ce transbordement, le journal,
poussé par le vent de la vitre ouverte, sortit du panier et vint, en voltigeant, se poser
doucement sur mes genoux. Machinalement, je m'en saisis, et puisque, au risque
de réprimandes, je ne pouvais plus rien
toucher chez ma femme, je me plongeai
avec rage dans la lecture du journal qui
avait bien une année de date.

Rien d'abord ne me frappa. Je lus lés

faits divers. J'aime beaucoup les faits divers. Je parcourus les articles de fond, je passai rapidement sur le compte-rendu de la Chambre, lecture qui ne me plaît pas, car je trouve que des réunions d'hommes graves ressemblent à un théâtre de Guignol. Puis, j'arrivai à l'article des tribunaux et finis par y découvrir un article de plusieurs colonnes qui attira singulièrement mon attention.

C'était un procès !

Il s'agissait d'une promesse de mariage, dont l'une des deux parties demandait la nullité à cause de gestes trop souvent énergiques distribués par l'autre partie. Au nombre des preuves à l'appui et autres documents importants, se trouvaient de brûlants extraits d'une correspondance amoureuse. La jeune fille abandonnée avait comparu en personne devant la haute cour afin de démontrer aux juges l'ingratitude du fiancé qui, sous le futile prétexte de deux gifles méritées, l'avait délaissée après l'avoir compromise aux yeux du monde. En conséquence, elle demandait non pas une réparation par le mariage, mais de forts dommages-intérêts.

Dommages-intérêts que le fiancé se hâta de donner, ne voulant à aucun prix, disait-il, passer sa vie avec cette tigresse qui avait failli devenir sa femme.

C'était l'expression dont il s'était servi. C'était raide ! !

Puis venait le nom du fiancé ; enfin, en dernier lieu, celui de la jeune fille ou tigresse, comme vous le voudrez.

Ce dernier nom me fit l'effet d'un fer rouge m'entrant dans les chairs, je sautai sur ma banquette et vins placer la feuille accusatrice devant le petit nez retroussé de ma charmante petite femme.

— Madame ! !...

Je dus avoir l'air terrible en prononçant ce mot.

— Madame ! ! !... répétai-je les dents serrées, étiez-vous la demanderesse en cette cause ?

Ernestine-Pauline-Virginie Durand de la Durandière me regarda en souriant.

— Comment, mon cher baron, je croyais que tout le monde connaissait cette petite histoire ?

— Horreur ! Horreur ! m'écriai-je épouvanté en me laissant tomber presque ina-

nimé sur le coussin du wagon ; puis, couvrant mon visage de mes deux mains, je
me mis à geindre comme si j'allais rendre
l'âme. Moi, l'homme du monde le plus dé-
licat, le plus élégant, le plus difficile, le
plus doux, je m'étais uni à une aventu-
rière, à une tigresse, comme le disaient si
bien les colonnes du journal.

— Monsieur de la Durandière? me dit
ma petite femme.

Et comme à cet appel je gardais un silence farouche, elle me prit gentiment mes
grosses pattes dans ses mignonnes petites
menottes, en me regardant bien en face
avec ces yeux noirs qui me faisaient courir
des frissons jusqu'à la moelle des os.

— Monsieur de la Durandière, me dit-
elle avec une grande douceur, laissez-moi

chasser ce léger nuage de votre esprit trop prompt à l'exaltation et vous prouver qu'il est de votre intérêt d'être aussi bon mari pour moi que j'ai, moi, l'intention d'être une bonne et aimable compagne pour vous. Vous avez découvert chez votre femme quelques légères imperfections, soit ! mais qu'aviez-vous donc espéré ? Les femmes ne sont pas des anges ; s'il en était ainsi, elles ne se marieraient qu'au ciel, ou tout au moins elles se montreraient plus difficiles dans leur choix.

— Pourquoi donc alors cacher ces imperfections ?

— Oh ! que vous êtes un naïf petit bonhomme, répondit-elle en se rapprochant de moi et en me tapotant sur les joues. Où avez-vous vu qu'une femme découvrait ses pe-

14

tits défauts avant la noce ? Savez-vous que
vous êtes fort amusant ? Et elle se mit à rire
à gorge déployée, me montrant une rangée
de petites dents blanches dignes de croquer
la fortune de plus d'un richissime nabab.

— Mais ce procès ? dis-je un peu calmé.

— Eh bien ! qu'a-t-il de déshonorant pour
moi ? Rien !

— Hum ! hum ! répondis-je.

— Qu'avez-vous à dire ? Je l'ai gagné,
donc je suis complètement blanche ; puis
les dommages-intérêts que l'on m'a alloués
s'élèvent à trois cent mille francs, dommages-intérêts que je vous ai apportés dans
ma corbeille de mariage.

Je me mis à sourire, je me déridai, comme
l'on dit. Décidément, ma petite femme était
une maîtresse-femme. La corbeille, ou plu-

tôt le contenu dissipa complètement mon gros et épais nuage. Après tout, à tout péché miséricorde, et ma mignonne petite femme possédait de si jolis yeux, de si belles dents !

Il faisait presque nuit ! !

Nous étions seuls !

Le train marchait toujours...

# UN MOT

# UN MOT

..............

L'Evangile lui-même,
Et vous en conviendrez,
Nous démontre avec art
Qu'il faut ici qu'on s'aime
Matériellement, car
Chair chez vous trouverez.

..........................

# LA FORTUNE

## VIENT EN DORMANT

# LA FORTUNE

VIENT

## EN DORMANT

...............

René Gérôme était un grand garçon d'une vingtaine d'années, bien découplé, joli gars, et appartenant à une honorable famille de la bonne ville de Rouen, ville principale de la belle Normandie ( « Je vais revoir ma Normandie », je crois qu'il y a une chanson commençant comme cela), et chef-lieu du département de la Seine-inférieure. Donc René Gérôme, las de demeurer à rien faire

dans son pays, résolut, d'après l'avis de
son respectable père, de faire non pas le tour
du monde, mais son tour de France, et
de partir chercher fortune à Paris, centre
de toutes les industries, gouffre de l'argent,
perdition des fils de familles nés véreux,
paradis des femmes et enfer des chevaux.

Donc, un beau matin du mois du juillet,
et par un ciel sans nuages, beau présage
pour l'avenir. Gérôme fit son paquet, le
suspendit au bout d'un gros bâton de frêne,
et après avoir dit adieu à sa famille éplorée,
s'achemina gaîment, et tout en sifflant un
air du pays, sur la grande route de la
capitale.

Après avoir marché depuis le lever du
jour, il se trouva vers midi tellement fa-
tigué qu'il résolut de chercher un abri

contre l'ardeur de Phébus, sous le premier ombrage venu, pour y attendre aussi le passage de la diligence.

Précisément, sur sa gauche, il aperçut un gros bouquet d'érables qui lui sembla planté tout exprès pour lui : c'etait un berceau de verdure au milieu duquel on voyait passer un léger ruisseau dont l'onde était si pure qu'on aurait pu croire que jamais elle n'avait été seulement altérée par le contact d'aucune lèvre humaine.

Vierge ou non, Gérôme étancha sa soif dans cette eau si fraîche, puis improvisant un oreiller avec son petit paquet de hardes qui formait tout son bagage, il s'étendit auprès de l'orifice même de la petite source.

Ainsi placé, à l'abri des rayons du soleil, le gazon parut à notre voyageur une cou-

che beaucoup plus molle que le plus fin
duvet de son bon lit de Rouen.

L'eau murmurait doucement à son
oreille ; les branches d'érable en s'agitant,
l'éventaient encore plus doucement ; il
ferma voluptueusement les yeux, puis
tomba dans un profond sommeil.

Pendant qu'il dormait, bon nombre de
voyageurs passaient et repassaient sans
cesse auprès du pauvre Gérôme, les uns à
pieds, d'autres à cheval, ou traînés dans
de brillants équipages.

Il y en eût qui le frôlèrent sans même
l'apercevoir, quelques-uns l'entrevirent ;
d'autres sourirent de le voir si profondément
endormi ; d'autres enfin, gens au cœur
débordant de mépris, jetèrent en le voyant
quelques dédaigneuses exclamations.

Une veuve sur le retour, profitant d'un instant où il ne passait personne, pencha la tête entre les arbres, et, après l'avoir attentivement considéré, se dit que le dormeur était un très joli garçon, puis elle s'éloigna en passant la main sur son cœur et en soupirant je ne sais quel nom.

La veuve n'avait pas eu le temps de faire une cinquantaine de pas, lorsque survint une ravissante jeune fille dont le pas léger et gracieux semblait à l'unisson de son petit cœur.

Il n'y a rien d'indiscret à supposer que cette démarche sautillante fit se dénouer sa jarretière. Sentant glisser le ruban de soie qui retenait son bas sur une jambe que je suppose bien moulée, elle se dirigea vers le bouquet d'érables afin de remédier à ce léger accident, accident pouvant facilement arriver à toute femme ou fille.

Au moment où elle retroussait sa petite jupe de futaine et mettait à l'air un mollet bien arrondi, elle jeta machinalement les yeux de côté, poussa un léger cri de frayeur et rabattit sa petite jupe : elle venait d'apercevoir le joli dormeur.

Vite elle ramassa sa jarretière, qu'elle avait laissé tomber, et allait s'éloigner lorsqu'elle vit à son grand effroi un gros bourdon voltiger autour des lèvres de maître Gérôme.

Bonne autant qu'innocente, la naïve enfant fit, avec son fin mouchoir de mousseline, la chasse au monstre ailé, et finit par l'expulser du bouquet d'érables. Quelle

charmante scène, et combien peu de pein-
tres réussiraient à la reproduire !

Après cette bonne action, essoufflée,
toute rouge, son petit cœur battant à lui
rompre la poitrine, elle s'en vint à pas fur-
tifs donner un dernier coup d'œil au jeune
homme en faveur duquel elle venait de
livrer ce combat singulier.

Dieu ! qu'il est bien, dit-elle en le regardant cette fois de près et en rougissant
jusqu'au blanc des yeux : et comme il dort !
ajouta-t-elle en se penchant au-dessus de
sa tête.

Se redressant tout à coup, elle regarda le
soleil qui descendait à l'horizon, et lentement, comme à regret, elle sortit du bouquet d'érables se dirigeant vers la ville.

Le père de cette charmante jeune fille en

15

jupon de futaine et à la jarretière de soie était un gros marchand des environs, qui cherchait justement en ce moment un jeune et intelligent commis. Si Gérôme eût été éveillé et eût lié conversation avec la jolie enfant sur le bord du chemin, il fût peut-être devenu le commis du marchand, auquel il eût succédé sans aucun doute plus tard, en qualité de propriétaire, tout en étant devenu son gendre.

Ainsi la fortune, sous la forme la plus gracieuse, venait de s'approcher de lui, de le frôler, et, pour cette fois, il l'ignora.

La jeune fille ne devait pas être bien loin, lorsque l'on entendit, dans le lointain, le roulement accompagné du bruit des grelots d'une voiture de poste lancée à toute volée. Arrivée devant le petit bois, une des

roues de la voiture se détacha brusquement; il y eut un choc, deux cris, et la
berline de voyage roula sur le côté.

Pendant que le postillon et le valet de
pied, armés de marteaux et de tenailles, ré-
paraient l'accident, les voyageurs descen-
dirent et vinrent s'asseoir à l'ombre du
bouquet d'érables. Ces voyageurs étaient
de riches marchands Havrais qui allaient
à Paris passer quelques bons jours, loin
des affaires.

En apercevant le joli dormeur, la femme
du marchand poussa un cri de surprise, et,
appelant son mari, elle lui montra le jeune
homme endormi.

Comme il dort, murmura le vieillard, et
comme la respiration sort aisément de sa
large et vaste poitrine! Je donnerais volon-

tiers la moitié de mon revenu pour pouvoir goûter, sans opium, un semblable sommeil, car il supposerait chez moi la santé de l'esprit et celle du corps.

Et aussi celle de la jeunesse, reprit la vieille dame; car lorsqu'on est vieux comme nous, le calme et la santé ne suffisent plus pour dormir ainsi.

A mesure que le vieux couple contemplait le jeune homme, il s'y intéressait davantage. Ayant observé qu'un léger rayon de soleil couchant allait bientôt arriver jusqu'à son visage, la bonne dame essaya de l'intercepter en tordant ensemble deux fortes branches. Puis, cet acte de bienveillance accompli, elle se sentit prise d'un intérêt tout maternel pour celui qui en avait été l'objet.

Le dieu du hasard, dit-elle à son mari, semble avoir amené ce jeune homme à notre portée, et plus je regarde cet enfant, plus il me semble qu'il ressemble à notre pauvre fils Henri, mort l'année dernière.

— Voulez-vous que nous l'éveillions ? reprit le mari.

— Il dort si bien..... et puis, nous ne connaissons pas ce jeune homme !

— Il a pourtant l'air bien ouvert ?

— Eh bien, réveillons-le, nous n'aurons peut-être pas à nous en repentir.

Dix minutes plus tard, Gérôme fuyait à toute bride vers Paris avec ses protecteurs.

Une année ensuite, personne ne l'eût reconnu sous les habits de dandy, marié à une des plus jolies femmes de la capitale, à la tête d'une banque solide, et entouré de toutes les considérations.

J'ai fait dernièrement la connaissance du gros banquier René Gérôme, et c'est de lui que je tiens cette anecdote du commencement de sa vie, qui prouve bien, me disait-il,

« Que la fortune vient quelquefois en dormant. »

CAR VOUS ÉTIEZ

# SI GENTILLE

CAR VOUS ÉTIEZ

# SI GENTILLE

...............

Combien de fois sur mes genoux,

Enfant blonde, joyeuse et belle,

D'un mouvement grave et doux

Je vous balançais, cruelle.

Vous aimiez, malgré votre mère,

Tirer la noire souquenille

De votre bon vieux grand-père

Car vous étiez si gentille.

\* \*
\*

Plus tard il vous trouvait jolie,
Je disais qu'il avait raison ;
Mais vous, dans votre folie,
Du bon vieux vous riiez foison ;
Puis un jour, toute aimante,
Vous sentant toute palpitante,
Vous rougissiez sous la mantille
Car vous étiez jeune fille.

* * *

Maintenant, de mes cheveux blancs
Vous adoucissez la vieillesse,
Tandis qu'à l'entour, sur les bancs,
Se bouscule la jeunesse.
Ces blondins, toujours aux abois,
Insatiables dans leur bisbille,
Me font rêver, rêver d'autrefois,
Car vous étiez si gentille.

FIN

# TABLE DES MATIÈRES

# TABLE DES MATIÉRES

Nice. — Imp. V.-Eugène GAUTHIER et Cᵉ.

# DU MÊME AUTEUR

### ROMANS

### COMÉDIES

## Sous Presse

Voyage à Gibraltar, Tanger, Chine, Japon, Martinique, etc.

Le Carnet d'un mort.

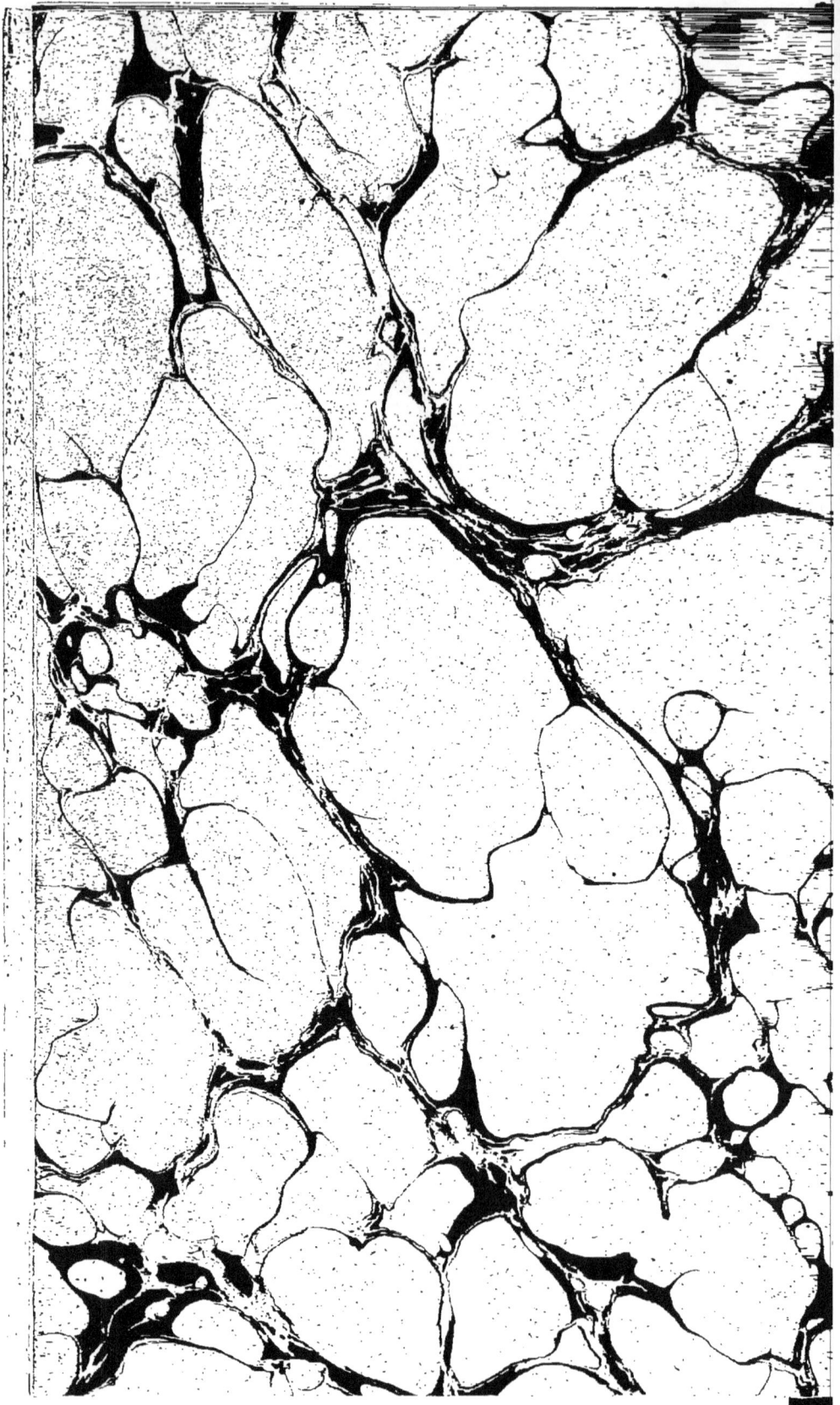

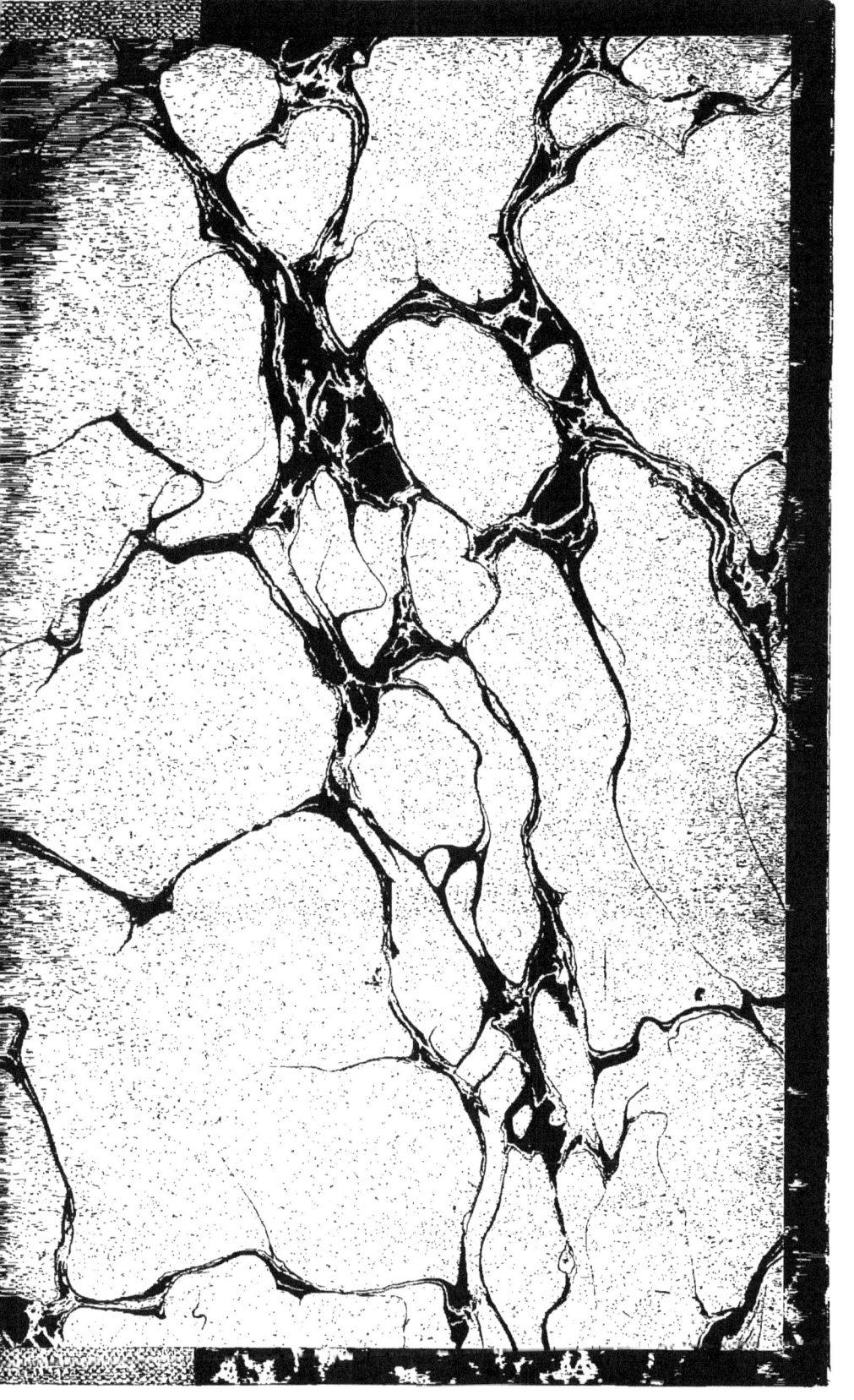